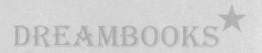

다크프린스

흑태자 판타지 장편소설

FANTASYSTORY & ADVENTURE

Dark Prince

1

★
dream
books
드림북스

다크 프린스 1

초판 1쇄 인쇄 / 2013년 11월 5일
초판 1쇄 발행 / 2013년 11월 8일

지은이 / 흑태자

발행인 / 오영배
책임편집 / 편집부
펴낸 곳 / (주)삼양출판사 · 드림북스

주소 / 서울특별시 강북구 솔샘로67길 92
대표 전화 / 02-980-2112 팩스 / 02-983-0660
편집부 전화 / 02-980-2116 팩스 / 02-983-8201
블로그 / blog.naver.com/dreambookss

등록번호 / 제9-00046호
등록일자 / 1999년 3월 11일

ⓒ 흑태자, 2013

값 8,000원

ISBN 978-89-542-5484-7 (04810) / 978-89-542-5483-0 (세트)

* 지은이와 협의하에 인지는 생략합니다.
* 잘못된 책은 구입한 곳에서 바꾸어 드립니다.

이 도서의 국립중앙도서관 출판시도서목록(CIP)은 서지정보유통지원시스홈페이지(http://
seoji.nl.go.kr)와 국가자료공동목록시스템(http://www.nl.go.kr/kolisnet)에서 이용하실 수
있습니다. (CIP제어번호: 2013022535)

흑태자 판타지 장편소설

FANTASYSTORY & ADVENTURE

디크프린스

Dark Prince

1

dream
books
드림북스

다크프린스

Dark Prince

목차

Prologue

1

<명령 1호>
황제의 병세는 이미 회생 불능의 단계에 이르렀음.
급선무는 황태자의 제거.
서두를 것.
정기적으로 보고할 것.

―첩보 1일 차 보고
황태자는 현재 비슈누 궁에서 수련의 마지막 단계
에 돌입하고 있습니다. 믿기 힘드시겠지만 황태자의
잠재력은 모두의 예상을 초월하고 있습니다.

하나, 황태자는 아직 우리의 정체를 파악하지 못하고 있습니다. 그가 수행 중에 있는 틈을 최대한 이용해 보겠습니다. 황태자는 결국 고립되어 비참하게 죽을 것입니다…….

—첩보 6일 차 보고
황제의 병환이 황태자의 흉계와 독에 의한 것이라는 거짓 소문을 비슈누 궁에 퍼뜨리고 있습니다. 대부분 믿지 않는 기색이오나 일부 친위대 무사들은 다소 동요하는 모습입니다.

—첩보 9일 차 보고
친위대 내부에서 분열의 조짐이 포착되었습니다. 거짓 소문을 믿는 일부 무사들이 조만간 반황태자 파벌을 형성할 기색입니다.

—첩보 12일 차 보고
황태자가 황제를 시해하려 했다는 증거가 발견되도록 처리하였습니다. 우연을 가장한 탓에 저를 의심하는 이는 아무도 없습니다.
소문은 급속도로 퍼지고 있으며, 증거를 목격한 모

든 이들은 이제 황태자를 의심하고 있습니다. 물론
증거가 가짜임을 아는 사람도 없습니다.

　—첩보 17일 차 보고
　친위대 내부의 알력이 점점 거세지고 있습니다. 기
존 친위대장이 이끄는 친황태자 파벌은 점점 궁지에
몰리고 있습니다.

　—첩보 19일 차 보고
　수행 중인 황태자와 직접적인 첫 번째 접촉을 시도
하였습니다. 그는 저를 약혼녀로서 완벽하게 신뢰하
고 있습니다.

　—첩보 20일 차 보고
　오늘부터 아침마다 제가 황태자에게 바칠 차에는
비전의 극독이 첨가될 것입니다. 극소량이기는 하나
이 극독은 장기적으로 알게 모르게 그의 몸을 잠식해
들어갈 것입니다.

　—첩보 26일 차 보고
　친위대의 반황태자 파벌과 접촉하였습니다. 일련

의 계획대로 그들은 본대를 향한 충성을 맹세하였습니다.

—첩보 31일 차 보고

사고를 가장하여 황태자가 기거하는 비슈누 궁의 서쪽 별관 전체를 붕괴시켰습니다. 그 결과, 황태자는 약간의 경미한 상처를 입었습니다.

—첩보 33일 차 보고

저에게 회유된 황궁 주치의가 황태자의 상처에 맹독을 처방하였습니다. 비록 주치의가 그 자리에서 격살당했사오나, 황태자는 맹독에 의해 치명적인 타격을 입었습니다. 또한, 막바지를 향해 치닫던 그의 수련에도 제동이 걸렸습니다. 지난밤 확인하였는바, 그의 몸은 이미 돌이킬 수 없을 정도로 무너지고 있었습니다.

—첩보 40일 차 보고

반황태자 파벌이 친위대를 완벽히 장악하였습니다. 친위대는 이제 우리의 것입니다.

—첩보 49일 차 보고

비슈누 궁에 대한 장악이 완료되었습니다.

이제 황태자의 황제 시해 소문을 믿지 않는 이는 아무도 없습니다. 친위대뿐만 아니라 황제 직속의 12수호 기사와 황도 수비군도 황태자로부터 등을 돌렸습니다. 궁의 모든 눈과 귀, 손과 발은 완벽히 우리의 것입니다.

이로써 황태자는 최측근의 호위 무사 2인과 함께 완벽하게 고립되었음을 보고합니다.

—첩보 50일 차 보고

최종 작전 시행 허가를!

<명령 2호>

황제의 숨이 끊어졌다. 작전 개시.

2

"⋯⋯."

달과 그림자의 세계 루나티카(Lunartica)의 지배 일족 루나리언(Lunarian).

그들의 황태자 시슬란의 눈동자가 좌우로 움직였다. 서신에 쓰인 문장들은 그가 지난 50일 동안 어떻게 고립되어 왔는지를 담담하게, 하지만 잔인하도록 사실적으로 증언하고 있었다.

그런 그의 발치에는 한 여인의 주검이 쓰러져 있었다. 여인은 이 서신의 첩보문을 쓴 첩자였으며, 방금 시슬란에게 극독이 든 차를 먹이려다가 죽임을 당했다.

또한 그녀는…… 시슬란의 약혼녀이기도 했다.

시슬란은 잠시 눈을 감았다가 떴다. 그리고 미미하게 떨리는 손길로 서신을 접었다.

자로 잰 듯이 반듯하게.

그때였다.

쿠우웅!

저 멀리, 바깥으로부터 둔중한 소음이 들려왔다. 그와 함께 다수의 함성과 거친 고함도 들렸다. 반란을 일으킨 무리가 벌써 근방에까지 닥친 것이다.

얼마 지나지 않아 온몸에 피 칠갑을 한 건장한 사내 둘이 뛰어 들어왔다. 황태자의 호위 무사들이었다.

"주군!"

두 사내 중에 덩치가 곰처럼 크고 얼굴이 각진 거한이 울부짖듯 외쳤다.

"틀렸습니다. 이미 궁의 모든 무사가 등을 돌렸습니다. 그중에는 친위대도 포함되어 있습니다. 우리는…… 고립되었습니다."

친위대마저…….

시슬란의 짙은 속눈썹이 꿈틀거렸다.

하지만 그뿐, 겨우 19세에 불과한 황태자는 더 이상의 동요를 보이지 않았다. 아니, 오히려 아무런 일도 없었던 것처럼 중독된 몸을 담담하게 일으켜 거울을 마주했다.

"……."

실크로 짜인 셔츠 깃을 매만진다. 각도는 언제나처럼 예리하게, 그리고 무심한 듯 뚝 떨어지게. 러플 커프스의 주름은 풍성한 편이 좋다. 그 위에는 검은 바탕에 화려한 금실 수가 놓인 베스트를. 마무리는 날렵한 은빛 쥐스토코르(Justaucorps) 코트로.

일분일초가 아쉬운 상황에서 말도 안 되는 여유를 부리고 있건만, 당사자인 시슬란의 주위에는 알 수 없는 분위기가 가득 흘렀다. 중독되어 망가진 육체도 그의 내면에서 뿜어져 나오는 미증유의 힘을 막아서지는 못하였다.

그의 사소한 시선 한 줄기, 미세한 손가락 움직임 하나에까지 가득 흐르는 분위기는 바로 기품이었다. 그가 행하는 모든 행위에 절대적인 당위성을 부여하는, 그만의 압도적인 힘이기도 했다.

그래서였을까.

두 호위 무사는 말없이 주군을 기다렸다.

이내 칠흑처럼 검고 기다란 머리칼까지, 모든 매무새를 정리한 황태자가 호위 무사들을 향해 돌아섰다.

"락토르, 아리안."

쾅! 쿠우웅─!

어느새 굉음은 가까이 다가와 두꺼운 문을 두드리고 있었다. 그와 함께 호위 무사 락토르와 아리안의 심장도 거세게 요동쳤다.

시슬란은 그 모든 것을 느끼며 깊은 숨을 들이마셨다.

비로소 그의 붉은 입술이 열렸다.

"내가 길을 열겠다. 뒤를 따르라."

그 순간, 담담하던 시슬란의 주홍빛 눈동자에 한없이 깊고 차가운 빛이 번득였다.

1장.

루나티카의 황태자

1

"하나! 둘! 밀엇!"

구령에 맞추어 수십의 병사들이 용을 썼다. 큰 통나무에 바퀴를 얽어 문을 깨부수도록 만든 충차가 움직였다. 이 거대 병기가 향하는 곳에는 마지막 장벽, 황태자가 기거하는 연공실의 두꺼운 문이 있었다.

"후후후……."

좌우로 수백의 병사를 거느린 사내가 그 광경을 보며 의미심장한 웃음을 흘렸다. 그는 다름 아닌 황태자 직속 친위대의 대장이었다.

그가 황태자를 떠올리며 중얼거렸다.

"제아무리 그가 선택된 황손이라 해도 이 많은 병사들을 홀로 감당할 수는 없을 터이지."

원래라면 황태자를 보호해야 할 사람. 그러나 재물과 권력의 유혹 앞에 그는 배신을 선택하였다. 전임 대장을 참살하고 추종자들과 함께 친위대를 장악한 것이 불과 열흘 전.

쿵…… 쿵!

한 번, 두 번, 머리를 들이밀던 충차가 서서히 힘을 받았다. 그리고는 다시는 멈출 수 없는 치명적인 속도로 달려갔다.

콰앙—!

거대한 흙먼지가 피어올라 문 주변의 시야를 뒤덮었다. 부서진 나뭇조각들이 사방으로 폭발하듯 흩어졌다.

"친위대 앞으로!"

변절한 친위대장이 지휘봉을 내뻗었다.

신호를 받은 친위대원 일백 명이 일제히 검을 뽑아 들었다.

차—아앙!

일사불란한 몸짓에 일백 자루의 쇠붙이가 만월의 달빛 아래 요사한 예기를 뿜었다.

그들이 원하는 것은 단 하나.

황태자의 피와 심장.

먼지구름이 서서히 걷히기 시작했다. 근처에 접근한 친위대원들의 시야에 문 주변의 정경이 들어오기 시작하였다. 하지만 그 정경은 친위대원들이 상상하던 것과는 전혀 달랐다.

"이럴 수가?"

친위대원들이 눈을 부릅떴다.

놀랍게도 부서진 것은 문이 아니었다.

산산조각 난 충차의 잔해가 사방에 흩어져 있었다. 반면, 연공실 문에는 흠집조차 새겨지지 않았다. 믿을 수 없게도 충차가 문을 들이받고는 박살이 나버린 것이다.

경악 속에 연공실 문은 오연히 버티고 있었다.

그때였다.

끼이이이이익…….

소름 끼치는 여운을 흘리며 연공실 문이 천천히 열리기 시작했다. 그처럼 공격해도 흠집조차 나지 않던 문이 저절로 열리다니?

모두의 시선이 문 안쪽으로 향했다.

꿀꺽.

친위대의 누군가에게서 들리는 침 삼키는 소리.

천천히 열리는 문 안쪽으로 어두운 공간이 드러났다. 그리고 한 쌍의 서늘한 눈빛이 번득였다.

눈빛을 마주한 사람들은 저도 모르게 어깨를 떨었다.

그 순간.

콰아아앙!

"……!"

굳건하던 문 전체가 폭발하듯 터져 나왔다. 미처 피하지 못한 친위대원들 일부가 파편에 휩쓸려 참혹하게 튕겨져 나갔다.

깜짝 놀란 친위대가 혼비백산, 분분히 물러났다.

"화, 황태자 저하……."

누군가의 중얼거림이 흘렀다.

문이 부서진 곳.

그곳에는 어느새 정복을 깔끔하게 차려입은 황태자 시슬란이 서 있었다.

"……."

시슬란의 표정은 담담했다. 마치 지금의 급박한 상황을 모르는 사람인 것처럼, 남의 일인 것처럼.

그런 그의 모습은 지금 이곳과는 너무나 어울리지 않았다. 곳곳에 튄 선혈, 파편과 잔해, 부상자의 신음과 주검이 사방에 가득한 가운데 그의 모습은 평소 비슈누 궁의 후원을 산책할 때와 다르지 않았기 때문이다.

"먼지……."

문득 중얼거린 그가 어깨에 내려앉은 먼지를 천천히 털어 냈다. 평소의 깔끔하던 성격, 그 모습 그대로 너무나도 자연스러운 모습이었다.

사방이 그런 그에게 압도당했다.

황태자의 모습이 드러난 다음부터 장내에는 죽음과도 같은 침묵이 내려앉았다.

그 누구도 입을 열지 않았다. 열 수 없었다.

그 누구도 움직이지 못했다. 움직일 수 없었다.

만약 함부로 소리를 내고 움직인다면 그것이 곧 크나큰 죄요, 하늘을 거스르는 행위가 될 것이리라. 그런 생각이 자연히 들도록 하는 것이 바로 시슬란이 지닌 압도적인 분위기였다.

"변절자들."

차가운 음성.

시슬란이 한 발을 내디딤과 동시에 불가항력의 거대한 압박감이 일어났다. 친위대 전체가 저도 모르게 주춤, 뒤로 물러났다.

"배신자들."

시슬란이 한 걸음을 나서자 친위대는 또다시 분분히 물러나야 했다. 그러면서도 그들은 자신들이 왜 후퇴해야 하는지 이해하지 못했다.

"그리고 반란 도배(徒輩)까지. 그 모두가 그대들을 지칭하는 이름이다, 충성을 저버린 이들이여."

처척, 척.

이제 시슬란은 거침없이 앞으로 걸어 나오고 있었다.

가공할 위세가 무형 중에 일었다. 친위대는 무엇에 쫓기듯 연신 뒤로 물러났다.

"비켜라."

"……!"

시슬란의 한마디에 친위대원들이 일제히 좌우로 밀려났다. 보이지 않는 거인의 팔이 그들을 양쪽으로 밀어붙이는 듯한 모습이었다. 그런 친위대원들의 몸을 잡아당기는 것은 다름 아닌 그들 자신의 그림자였다.

놀랍게도 시슬란은 그들의 그림자를 조종하고 있었다.

"어, 어엇?"

와르르, 좌아아악!

친위대가 좌우로 밀려난 사이의 통로.

그곳을 조용히 걷는 시슬란의 어깨 위로 만월의 달빛이 내리비쳤다. 신기루와도 같은 실체 없는 그림자가 사방에서 너울거리며 피어올랐다.

시슬란이 두 팔을 펼쳤다.

그의 주홍빛 눈동자에 기광이 서리기 시작하였다. 미증

유의 힘이 사방으로 넘실거렸다. 특유의 압도적인 존재감이 장내를 질주하였다.

"배신자에게 죽음을."

쿠우웅―!

"……!"

그림자의 영향권 안에 있던 광장의 모든 이들, 그들의 어깨 위로 수천수만 근의 압력이 가해졌다.

"끄허……!"

"크흐윽……."

짓눌린 비명.

모든 자들이 절로 무릎을 꿇었다.

무릎이 바닥의 단단한 포석을 파고들다 못해 허리가 숙여지고 목이 내리눌렸다. 사지를 깔고 조아리며 이마를 사정없이 바닥에 찧었다.

시슬란은 그들 사이를 천천히 걸었다.

퍽, 퍽퍽…….

머리를 조아린, 무릎을 꿇은 자들의 몸이 바닥으로 파고들면서 선혈이 튀기 시작했다. 거대한 손이 그들을 짓눌러 터뜨리는 것만 같은 형상이었다.

보고도 믿지 못할 압도적인 광경.

광장이 피바다로 화해 갔다.

황태자 시슬란은 그렇게 반역자들의 죽음의 경배를 받으며 천천히 광장을 가로질렀다.

2

광장 끝에 도달한 시슬란의 눈길이 아래쪽을 향했다.

이곳 황태자의 연공실은 비슈누 궁에서도 가장 높은 절벽 꼭대기에 위치해 있었다. 덕분에 이곳에서는 궁의 모든 전경이 한눈에 들어왔다.

처참했다.

지금 이 순간, 그의 발치 아래에 있는 비슈누 궁은 혼란의 회오리에 휩쓸려 처참하게 무너지고 있는 중이었다.

"……."

중독으로 인해 시슬란의 입술은 서서히 푸른빛을 띠어 가고 있었다. 그는 자신의 힘이 오래가지 못할 것임을 짐작했다. 그것을 증명하듯 황태자의 시야는 시시각각 흐려졌다. 동시에 아찔한 현기증이 몰려왔다.

번뇌하는 그의 시선이 밤하늘의 만월을 향하였다.

만월은 서서히 짙은 붉은빛으로 물들어 가고 있었다.

'월식인가…….'

그가 바라보는 가운데 개기월식은 느리지만 확실하게 진행되고 있었다. 달이 붉게 물듦에 따라 지상의 피조물들도 차츰 불길한 색채에 휩싸여 갔다.

그때였다.

황태자가 있는 이곳 절벽을 에워싸고 사방에서 거대한 함성이 울리기 시작했다. 함성은 시시각각 절벽을 향해 가까이 다가오고 있었다. 바로 수천수만으로 이루어진 반란군, 아니 시슬란이 황제 시해의 역모를 꾸몄으리라 믿고 있는 황도 수비군이었다.

"와아아아—!"

어느새 절벽을 포위한 황도 수비군이 포효하듯 함성을 내질렀다. 수많은 기치창검과 거침없이 호전적인 기세가 사방을 떨쳐 울렸다.

"주군, 어서 몸을 피하심이……."

부복해 있던 호위 무사 락토르가 아래턱을 떨었다. 군대를 바라보는 그의 눈빛은 미미한 불안감으로 흔들리고 있었다.

하지만 시슬란은 못 박힌 듯 자리에 서서 되뇌었다.

"락토르, 아리안."

"예, 주군."

"너희들은 내가…… 반란의 무리를 눈앞에 두고서 물러

서기를 바라는 것인가?"

"예⋯⋯?"

두 호위는 자신들의 실수를 깨달았다.

지금 눈앞에 있는 황태자는 고귀한 황가의 적통이었다. 그런 황태자의 자부심을 어찌 감히 범부가 함부로 헤아리겠는가.

"죄, 죄송합니다."

두 호위가 황급히 고개를 숙였다.

하지만 시슬란은 더 이상의 대답을 내려 주지 않았다. 대신 절벽 아래의 황도 수비군을 향해 한 손을 치켜들었다. 동시에 가공할 위세가 그의 전신에서 일었다.

반경 수 미터 내의 모든 그림자가 일그러지고 변형되기 시작했다. 그림자는 시슬란의 치켜든 검지 위쪽 작은 공간으로 모여 압축되었다.

큐우우우⋯⋯!

고작 작은 구슬 정도의 크기.

하지만 그 내부에 압축된 질량은 어마어마했다.

광포한 힘에 허공이 포효했다. 절벽이 흔들리고 지축이 몸을 떨었다. 그 진동은 고스란히 아래쪽의 황도 수비군에게도 전달되었다.

꿀꺽.

황도 수비군의 병사 중 누군가의 목울대가 출렁였다. 시슬란을 올려다보는 다른 병사들의 눈동자에도 일말의 두려움이 서리기 시작했다.

이내 황태자의 손가락이 수비군의 한 지점을 가리켰다.

"한 번 주인을 문 개는 언젠가 다시 날카로운 이빨을 드러내게·될 테지."

큐우우웅—!

압축된 그림자의 탄환이 공간을 가로질러 황도 수비군을 향해 섬전처럼 날았다. 탄환의 궤도에서 밀려난 공기와 충격파의 비명성이 밤하늘을 찢어발겼다.

그 순간, 황도 수비군의 선두에서 네 줄기의 인영이 솟구쳐 나와 탄환 앞을 가로막았다.

충돌이 일어났다.

투화아아악!

충격파가 격렬한 기세로 사방에 퍼졌다.

하지만 시슬란은 눈도 깜빡이지 않고 충돌의 중심을 바라보았다. 그런 황태자의 주홍빛 눈동자에 충격파를 헤치고 달려오는 네 줄기의 인영이 엇비쳤다.

시슬란은 이내 그들의 정체를 알아차렸다.

'수호 기사…….'

지금 그의 앞을 막아선 이들은 유사시에 마지막으로 비

슈누 궁을 지키도록 임무를 부여받은 12인의 수호 기사 중 일부였다.

수호 기사들마저 적의 회유에 넘어갔다니.

으드득!

그들의 면면을 확인한 시슬란의 눈빛이 스산하게 번득였다. 그러는 동안 남은 4인의 수호 기사는 재빠른 속도로 절벽을 향해 달려왔다.

동시에 시슬란의 한쪽 손바닥이 앞을 향하였다.

쿠구구구……!

갑작스러운 가공할 압력.

그 아래에 짓눌린 절벽이 허리께에서 신음을 토하기 시작했다. 수호 기사 넷이 그 가파른 사면을 박차며 재빠른 속도로 절벽을 올랐다.

시슬란의 주홍빛 눈동자가 그들을 향했다. 그의 손가락이 유려한 곡선을 그리며 아래로 죽음의 선을 그었다.

십만 근에 달하는 기백의 그림자는 이내 파괴의 소나기로 변모하였다.

콰콰콰콰콰—!

"……헛!"

"이런!"

기세 좋게 절벽을 박차고 오르던 4인의 수호 기사가 저마다 경악성을 내질렀다.

"피해!"

누군가가 외쳤다.

하지만 그때는 이미 그들 중의 하나가 희생되고 난 후였다. 다른 셋은 가까스로 소나기의 범위에서 몸을 뺄 수 있었다.

"크윽!"

수호 기사 리브라는 그림자 폭우에 스친 한쪽 팔을 부여잡고 신음을 흘렸다. 조금만 늦었더라면 몸이 통째로 절단되었으리라. 그는 안도의 한숨을 쉬었다.

그때였다.

파츳!

무언가 검은 형체가 위쪽에서부터 그를 스치고 지나쳤다. 벼락에라도 맞은 듯 리브라가 온몸을 경련한 것은 그다음의 일이었다.

"어, 어…… 끄윽?"

신음도 잠시.

파하핫!

리브라의 몸이 단번에 세로로 쪼개졌다.

남은 두 명의 수호 기사가 경악한 눈길로 그 모습을 바라보았다.

그런데 두 쪽이 되어 쓰러지는 리브라의 주검 뒤에서 그림자 하나가 모습을 드러냈다. 튀는 핏방울을 피해 한 걸음을 옆으로 옮겨 놓는 주홍빛 눈동자의 소년, 황태자 시슬란이었다.

"황태자……!"

외침이 시작된 그 순간, 이미 시슬란은 사라진 후였다. 섬뜩한 느낌을 받은 수호 기사 타우루스가 재빨리 돌아섰다. 하지만 이미 때는 늦었다.

서걱!

잘린 타우루스의 머리가 야공으로 치솟았다.

그 선혈을 헤치며 시슬란의 몸이 유령처럼 미끄러졌다. 그리고 경이로운 속도로 나머지 수호 기사, 케이론의 뒤를 따라잡았다.

"잠깐……!"

와지직!

케이론의 목이 수수깡처럼 부러져 축 늘어졌다.

그와 동시에 여덟 인영이 사방에서 희끗한 모습을 드러냈다.

"황가의 핏줄. 그중에서도 천재라 불리는 황태자. 달의 여신 루나미르의 축복을 받은 자. 하지만 그러한 저하께서도 결국은 인간이었군요. 그토록 괴로워하는 모습을 보이

시니 말입니다."

비웃는 듯한 목소리가 날아왔다. 그 목소리의 주인공은 시시각각 빠른 속도로 사방을 압박해 들어오고 있었다.

"……"

시슬란은 대답 없이 정신을 가다듬었다.

하지만 이제 그의 힘은 아까보다 급격히 약해지고 있었다. 이유는 많았다. 무리한 능력의 연이은 사용, 극독에 잠식된 신체…….

어둠 속의 목소리가 조소했다.

"슬슬 독의 효과가 드러나는 것 같군요."

그들은 사방에서 시슬란의 신경을 조여 왔다. 그럼에도 섣불리 공세를 취하지 않았다. 그랬다. 그들은 시슬란이 독에 무너지도록 시간을 끌고 있었다.

그렇게 얼마나 지났을까.

마침내 어둠 속에서 섬전 같은 일격이 날아들었다.

촤아아악!

검격을 피하는 시슬란의 하체가 흔들렸다. 어느새 그의 이마에서는 식은땀이 흐르고 있었다.

또다시 비웃는 목소리가 들려왔다.

"그사이에 힘도, 반응 속도도 제법 떨어졌군요."

그 말이 이어지는 사이에도 다섯 번의 공세가 시슬란의

전신을 노려 왔다.

피핏!

시슬란의 팔뚝에서 붉은 핏방울이 튀었다.

첫 상처였다.

동시에 어둠 속 인물들의 정체가 드러났다. 바로 나머지 여덟 명의 수호 기사들이었다. 그들은 모습을 드러냄과 동시에 사방 여덟 방위에서 시슬란을 포위하였다.

수호 기사의 수좌 비르고가 비소를 흘렸다.

"이제 목을 내놓으실 차례입니다."

쉬싯!

비르고의 검이 날아들었다.

하나, 시슬란은 이제 더 이상 그 공세를 막을 방법도, 피해 낼 기력도 지니고 있지 않았다.

시슬란이 보이지 않게 입술을 깨물었다.

그때였다.

"당장 멈추지 못해!"

위쪽에서 성난 외침이 울렸다. 그와 동시에 두 개의 인영이 비르고와 시슬란 사이로 날 듯이 뛰어 내려왔다.

촤아앙—!

거친 불꽃과 함께 비르고의 검이 튕겨 나갔다.

"아, 아닛?"

힘에서 밀린 비르고가 두 걸음이나 뒤로 물러났다.

비르고의 공세를 막아 낸 이는 다름 아닌 락토르와 아리안, 시슬란의 두 호위 무사였다. 그들은 시슬란이 절벽을 먼저 내려온 직후부터 이곳까지 땀을 뻘뻘 흘리며 따라와 지금에야 겨우 자리에 도착한 것이었다.

두 호위 무사가 시슬란의 앞과 뒤를 굳건히 막아섰다.

"주군, 어서 몸을 피하십시오."

락토르가 외쳤다.

하지만 시슬란은 요지부동이었다. 아니, 그것도 모자라 탄식 어린 눈길로 야공의 만월만을 뚫어지게 바라보고 있었다.

시슬란은 애초부터 도망칠 생각이 없었다.

그는 뼛속까지 황족이었다. 도망치는 법 따위는 애초에 배운 적도 없었다. 오로지 다스리고 제압하며 군림하는 방법만을 익히고 또 배워 왔다.

그런 그에게 있어 반란 도배들에게서 스스로를 보호해야 하는 작금의 상황은 커다란 충격이었다. 이런 상황에서 도망쳐야 한다는 사실 또한 죽음보다 더한 굴욕감을 그에게 주었다.

"……."

깨물린 그의 입술에서 실낱 같은 피가 흘렀다.

시슬란은 결심했다.

"나는……."

그가 입술을 여는 순간이었다.

빠아악!

그의 뒤를 지키고 있던 호위 무사 아리안이 별안간 칼자루의 뭉툭한 부분으로 시슬란의 후두부를 내리찍었다.

3

"……큭!"

시슬란의 입에서 억눌린 소리가 튀어나왔다. 동시에 온몸에서 썰물처럼 힘이 빠져나갔다. 그는 쓰러지면서 반사적으로 뒤를 돌아봤다. 의식을 잃기 직전, 시슬란의 시야에 마지막으로 담긴 것은 아리안의 눈빛이었다.

"……."

아리안은 담담한 눈길로 주군을 마주 보았다. 죄송하다고, 이 방법밖에 없다고 눈빛으로 말하기라도 하듯.

덥석.

아리안의 팔뚝이 쓰러지려는 시슬란의 어깨를 휘감았다. 이 과묵한 호위 무사는 정신을 잃은 주군의 몸을 재빨리 업었다.

"가라, 어서!"

락토르가 짧고 낮게 외쳤다.

끄덕.

아리안 또한 짧게 고개를 끄덕이고는 곧바로 몸을 돌렸다. 그 찰나의 순간에 락토르와 아리안의 시선이 마주쳤다. 오랜 시간을 함께했던 둘은 짧은 눈인사로 마지막 이별을 나누었다. 둘의 눈가는 어느새 젖어 있었다.

다음 순간, 락토르가 단신으로 수호 기사들을 향해 달려들었다.

"길을 열어 주지 마! 막앗!"

비르고의 날카로운 외침. 그보다 날카로운 여덟 자루의 칼날이 밤공기를 예리하게 베어 냈다.

순간 락토르의 얼굴에 결연한 빛이 떠올랐다.

"으와아아악!"

푸우욱! 서석!

락토르가 벼락이라도 맞은 듯 온몸을 크게 떨었다.

"크흐흐흐⋯⋯!"

락토르는 악에 받친 얼굴로 웃으며 수호 기사들을 노려보았다. 그런 그의 몸에는 여덟 자루의 검이 깊숙이 박혀 있었다. 일부러 수호 기사들의 공격을 육탄으로 받아 낸 것이었다.

"이, 이게……."

락토르의 기세에 질린 수호 기사들이 아연한 표정을 지었다. 덕분에 아주 잠깐의 빈틈이 생겼다.

쉬칵!

락토르의 거구 뒤에 가려져 있던 아리안이 순간적으로 몸을 드러내며 샴쉬르(Samshir)를 휘둘렀다.

"크읍!"

수호 기사 하나가 옆구리에서 피를 쏟으며 쓰러졌다. 그 사이 이미 아리안은 황태자를 업고서 절벽을 향해 달려가고 있었다. 수호 기사 일행은 뒤늦게 락토르와 아리안의 계획을 간파했다.

"놓치지 마라, 절대로!"

분노한 비르고가 낮게 으르렁거렸다.

그 말에 수호 기사들이 검을 잡아당겼다.

파핫―!

"……!"

선혈이 폭발적으로 튀었다.

락토르가 무어라 입술을 달싹였다.

'주군……!'

그의 부리부리한 눈동자가 아리안과 시슬란의 뒷모습으

로 향했다. 그리고 그 뒤를 추격하는 여섯 수호 기사들의
모습을 좇았다.

이내 그의 눈에서 생기가 흐려져 갔다.

무릎이 저절로 꿇렸다. 이미 지면은 그가 흘린 피로 흥건
했다. 식어 가던 피 웅덩이가 무릎에 부서져 찰박, 소리를
내며 경련했다.

무릎 꿇은 그를 비르고가 마주했다. 수호 기사의 수좌는
냉담한 눈동자로 죽어 가는 락토르를 내려다보았다.

"고통스러운가, 호위 무사여."

"끄……끅……. 네놈들, 가지 못한……."

"이만 고통을 끊어 주겠다. 그대의 명예와 집념도 함
께."

비르고의 눈빛에 살기가 스몄다.

날카로운 칼 그림자가 락토르의 심장을 향해 쏘아졌다.

*   *   *

콰아악!

아리안은 가파른 사면을 전력으로 박찼다.

"훅! 후욱!"

시슬란을 한쪽 어깨에 걸치고 있음에도 그는 빠른 속도

로 깎아지른 절벽을 올랐다. 그러면서 흘끔 시선을 돌려 아래쪽을 살폈다.

"⋯⋯."

멀리 아래쪽에서 추격에 박차를 가해 오고 있는 여섯 수호 기사가 보였다. 그는 더욱 사력을 다해 절벽을 올랐다. 덕분에 추격자들에 앞서 절벽 정상에 도달할 수 있었다.

"헉! 허억⋯⋯!"

그는 쉬지도 않고 황태자의 연공실 뒤편으로 달려갔다.

그곳에서 아리안은 풀밭을 뒤졌다. 그리고 얼마 지나지 않아 특징 없는 작은 돌멩이를 발견했다.

그는 망설임 없이 돌멩이를 전력으로 잡아당겼다.

"흐으읍!"

콰드드드⋯⋯!

돌멩이가 지면에서 뽑혀 나왔다. 지면 밖으로 드러난 부분이 작아 평범한 돌멩이로 보였건만, 그 아래 모습을 드러낸 것은 수백 근에 달하는 거대한 바위였다.

"으으으아아!"

아리안의 팔뚝과 이마 위로 시퍼런 혈관이 툭툭 솟아났다. 눈에도 붉게 핏발이 섰다.

끼기기기⋯⋯!

굉음과 함께 거대한 철문이 열렸다. 안쪽으로는 짙은 어둠 속에 기다란 통로가 이어져 있었다. 유사시를 대비한 탈출용 비밀 통로였다.

문이 완전히 열린 것을 확인한 아리안이 시슬란을 둘러업고서 통로로 몸을 밀어 넣었다.

그때, 아리안의 눈앞이 번쩍하며 섬광이 일었다.

빠아악!

난데없는 타격이 아리안의 안면을 강타하였다. 아리안은 비밀 통로 입구 밖으로 나동그라졌다.

"흐…… 크욱!"

그는 재빨리 몸을 일으켜 방어 자세를 취했다.

"이런, 이런. 이래서 포기를 모르는 놈은 귀찮다니까. 그렇지 않나?"

조소 어린 목소리가 어두운 통로 속에서 울렸다.

뚜벅거리는 걸음 소리가 천천히 다가왔다.

이내 모습을 드러낸 이는 후리후리한 큰 키에 매부리코를 지닌 장년 무사였다. 그의 얼굴을 본 아리안이 신음을 삼켰다. 장년 무사는 그가 아주 잘 아는 얼굴이었으니까.

"네놈은…… 주군의 숙부, 명왕 칸다하르의……."

"오오. 그래, 맞아. 이 몸이 명왕의 수신 호위 되시는 알타하르 님이시지. 그렇겠지?"

매부리코 장년인의 얼굴에 비웃음이 떠올랐다.

"어떻게 내가 저 통로 안에서 네놈을 기다리고 있었는지 궁금하겠지?"

"……."

"통로의 존재를 아는 사람이 너희 황태자 무리뿐이었다 생각했나? 정말로? 명왕께서 그걸 알고 계실 거라는 생각은 한 번도 못 해 본 건가?"

그의 싱글거림이 짙어지는 순간이었다.

쉬아악!

알타하르의 손이 전광석화처럼 움직였다. 동시에 그의 허리춤에 말려 있던 채찍이 광망을 토하며 아리안을 향해 질주하였다.

"크윽!"

아리안은 샴쉬르를 뽑으려 했다. 하지만 알타하르의 공격이 한발 빨랐다.

촤학!

아리안의 팔뚝은 샴쉬르를 뽑기도 전에 채찍에 휘말렸다. 쇠로 만들어진 기다란 채찍에는 마디마다 섬뜩한 칼날이 벼려져 있었다.

알타하르의 입가에 가학적인 미소가 떠올랐다.

다음 순간, 채찍이 섬광처럼 당겨졌다. 채찍에 휘말렸던 아리안의 팔뚝이 단숨에 절단되었다. 극심한 고통에 아리안의 눈가로 경련이 일었다.

하지만 알타하르는 자비가 없었다.

"크크…… 죽엇!"

세찬 고함과 함께 기다란 채찍이 독사처럼 휘어지며 아리안과 시슬란을 한꺼번에 덮쳐 갔다.

하지만 그는 아리안을 너무 얕보았다.

미처 채찍에 휘말리기도 전에 아리안이 먼저 그의 품으로 낮게 파고들어 허리를 껴안은 것이다.

퍼어억!

"으윽?"

"으아아아아—!"

아리안이 필사적으로 외치며 돌진했다.

그가 알타하르를 밀어내는 곳, 절벽의 뒤쪽에는 낭떠러지가 있었다. 아리안은 상대를 그곳으로 밀어 떨어뜨릴 작정이었다.

"이, 이런 미친놈이!"

아리안의 의도를 깨달은 알타하르가 발버둥 쳤다. 그는 단단한 채찍 손잡이를 양손으로 쥐고서 아리안의 등을 내리쳤었다.

아리안의 듬직한 등에서 빠각하고 불길한 뼈 소리가 울렸다. 하지만 아리안은 이미 목숨을 걸고 있었다. 사력을 다하는 그의 힘에 알타하르는 순식간에 밀리고 말았다.

"으! 으읍……!"

마지막으로 버텨 보았지만 발뒤꿈치가 절벽 가장자리 밖으로 벗어났다. 그다음은 순식간이었다. 곧 나머지 발마저 허공에 떴다.

"으…… 으아아악!"

알타하르는 필사적으로 허우적거리며 발악을 하였다.

덥석!

우연이었을까.

공교롭게도 허우적거리던 알타하르의 손이 아리안이 둘러메고 있던 시슬란의 옷깃을 움켜잡았다. 그 직후 알타하르의 몸이 절벽 아래로 쑥 꺼졌다. 그에게 잡힌 시슬란도 속절없이 아래로 딸려 갔다.

"주, 주군?"

뒤늦게 손을 뻗었지만 아리안의 손가락은 허공만을 헛되이 움켜잡았을 뿐이었다. 그것도 불과 몇 센티의 차이로.

"주구우운―!"

아리안이 찢어지는 고함을 질렀다. 시슬란이 알타하르에게 붙잡혀 함께 추락하는 모습이 그의 눈동자에 투영되었다.

그때 뒤늦게 절벽을 올라온 수호 기사들이 연공실 뒤편

으로 모습을 드러냈다.

"저기 있다!"

아리안은 그들을 돌아보았다. 그리고 다시 절벽 아래를 바라보았다.

아래쪽에는 급류가 있다.

그것도 루나티카에서 가장 거칠다는 급류가.

으드득!

아리안은 어금니를 깨물었다.

다음 순간, 그는 낭떠러지 아래를 향해 몸을 던졌다.

4

풍덩!

시슬란과 알타하르는 한 덩이가 되어 계곡물 속으로 곤두박질쳤다. 곧 수천수만 근에 달하는 급류의 노도 같은 힘이 두 사람을 휘감았다.

차가운 물속에 잠기자 시슬란의 의식이 서서히 돌아왔다.

'이…… 이곳은……?'

수면이 머리를 집어삼켰다. 차갑다. 숨을 쉴 수가 없다.

급류에 휩쓸린 몸이 제멋대로 회전했다. 엄청난 수압 때문에 팔다리를 마음대로 움직일 수가 없었다.

그때였다.

꽈아앙—!

머릿속에 뇌성벽력이 울렸다.

착각?

아니, 그것은 착각이 아니었다.

시슬란은 어깨에서 격통을 느꼈다. 어깨가 무언가 단단한 것과 부딪친 것 같았다.

그제야 시슬란은 자신이 어디에 있는지를 깨달았다.

'내가 왜 여기에……?'

그런 의문이 들었지만 깊이 생각할 겨를이 없었다. 일단 살아야 한다. 그는 팔을 허우적거리며 무언가 잡을 것을 찾았다.

덥석.

행운이었을까.

무언가 물컹한 것이 잡혔다.

그런데 그 물체도 동시에 팔을 뻗어 와 시슬란의 어깨를 움켜잡았다.

"크……흐흐훗! 황태자아!"

그를 맞잡은 이는 다름 아닌 알타하르였다.

시슬란의 눈이 부릅떠졌다. 기절하기 직전까지만 해도 수호 기사들에게 포위되어 있던 그였다. 그는 자신이 왜 이곳에 알타하르와 함께 있는지 이해할 수가 없었다.

하지만 한 가지는 확실했다.

알타하르가 자신을 죽이려 한다는 것.

"그어아아악! 죽어어엇!"

알타하르가 악을 쓰며 시슬란의 목을 졸랐다.

"크…… 쿨룩!"

시슬란의 얼굴이 벌겋게 달아올랐다. 알타하르를 밀어내어 보려 했지만 상대는 요지부동이었다.

이내 급류가 두 사람을 수면 아래로 휘감아 버렸다. 그럼에도 알타하르는 손을 놓지 않았다.

시슬란의 의식이 차츰 흐려져 갔다.

그때였다.

황태자의 시야에 저 멀리 있는 암회색의 커다란 덩어리가 보였다. 두 사람이 함께 떠밀려 가는 진로를 가로막고 있는 거대한 물체. 수면 아래의 바위였다.

시슬란이 허리에 힘을 주어 몸을 뒤집었다. 그러자 자연히 알타하르가 하류를 등지게 되었다. 알타하르는 자신의 등이 어떤 물체와 가까워지고 있는지 까맣게 모르고 있었다.

두 사람은 치명적인 속도로 떠내려갔다.

바위가 급속도로 가까워졌다.

시슬란의 의식이 더욱 흐려졌다.

알타하르의 입가에 잔인한 미소가 떠올랐다.

콰지직!

바위에 알타하르의 등이 내리꽂혔다.

"……!"

부글부글!

알타하르가 눈을 부릅떴다. 벌려진 그의 입으로 공기 방
울이 폭발적으로 피어났다. 그의 손아귀에서 힘이 풀렸다.
시슬란은 가까스로 수면 위로 머리를 내밀었다.

"쿨룩! 헉! 허억!"

하지만 공기를 마실 수 있는 자유의 시간은 그리 길지 않
았다. 급류가, 아니 알타하르가 아래에서 그의 발목을 잡아
당겼기 때문이다.

부그르륵!

시슬란은 다른 쪽 발로 알타하르의 얼굴을 걷어찼다. 그
러는 동안에 급류는 그들을 또 다른 바윗덩이로 인도하고
있었다.

빠가각!

알타하르의 등이 완전히 부러졌다.

하지만 그것으로 끝이 아니었다.

콰직! 뻐뻑! 빠가각!

"……!"

두 사람은 한 덩이가 되어 바위와 썩은 나무둥치 등에 연속적으로 부딪혔다. 시슬란은 알타하르의 몸을 방패 삼아 간신히 치명적인 타격을 모면했다. 반면 등이 부러진 알타하르는 이미 숨이 끊어지고 있었다.

다음 순간, 소용돌이 하나가 시슬란을 휘감았다. 미처 대비하지 못하고 있던 그는 수면 아래로 거꾸로 휘말려 들어갔다.

빠각!

바위가 머리를 강타했다.

시슬란의 주홍빛 눈동자가 흐려졌다.

이후 연속되는 막대한 충격이 그의 육신을 난자하였다. 그것은 한낱 인간의 육체로 감당할 수 있는 충격이 아니었다. 결국, 시슬란은 서서히 눈을 감아 갔다.

'이제…… 끝인가…….'

수많은 사람들의 얼굴이 주마등처럼 뇌리를 스쳐 갔다. 수없는 기억들이 명멸했다. 추억과 상념이 급류에 산산이 흩어져 갔다. 그렇게 그는 의식을 완전히 잃어버렸다.

이내 그의 생명도 서서히 사그라졌다.

마지막 호흡이 입술을 스쳐 나왔다.

완전한 죽음이었다.

그 순간이었다.

시슬란의 몸이 재차 바위와 격돌하였다.

퍼어억!

육신이 무너지는 소리.

움찔……!

죽음 이후의 충격에 대한 사후 반응이었을까. 시슬란의
손가락이 미미하게 떨렸다. 그런데 이상하게도 그 움직임
은 끊어지지 않고 계속 이어졌다.

움찔……! 움찔……!

처음에는 띄엄띄엄, 나중에는 급박하게, 시슬란의 손가
락은 점점 더 자주 움직였다. 그 움직임은 이내 팔뚝을 거
쳐 어깨로, 어깨를 지나 상반신으로, 상반신을 넘어 전신으
로 번져 갔다.

그 필사적인 움직임이 시슬란의 내부에 도사리고 있던
생존에 대한 본능을 자극했다.

혹은 일깨웠다.

혹은 포효시켰다.

슈화아아악—!

돌연 시슬란의 전신에서 밝은 광채가 폭발하듯 피어났

다. 그때부터였다. 시슬란의 내부에서 미증유의 기운, 무의식이 그의 심장을 중심으로 맹렬한 순환을 시작했다.

콰콰콰—!

그의 무의식은 육체에 가해지는 모든 충격과 압력을 받아들여 정제하기 시작했다.

콰직! 퍼퍽!

급류를 따라가며 수없이 바위에 부딪히고 통나무에 내리찍혔다.

하지만 이제 그의 육체는 더 이상 손상되지 않았다. 오히려 충격을 받을 때마다 시슬란의 몸은 조금씩 회복되어 갔다. 동시에 시슬란의 육신을 잠식했던 극독이 억제되었다.

그 결과, 마침내 기적이 일어났다.

두근!

멈추었던 심장이 헐떡였다.

폐는 외마디 소리를 치며 공기를 갈망하였다.

"쿨룩……! 컥!"

격한 기침이 터져 나왔다. 동시에 시슬란의 눈꺼풀이 힘겹게 뜨였다. 놀랍게도 죽음을 극복하고 다시 소생한 것이었다.

그사이 노도 같던 급류의 물결이 서서히 잔잔해지기 시작했다. 끝없이 이어질 것 같던 계곡의 경사도 완만해졌다.

헐떡이던 시슬란의 육체 역시 빠르게 안정을 찾아갔다.

어느새 개기월식은 절정을 목전에 두고 있었다.

시슬란을 실은 급류는 이제 부드러운 흐름이 되어 그를 거대한 호수로 진입시켰다. 루나리언의 성지, 월광(月光)의 호수 크리슈나(Krishna)였다.

시슬란은 빠른 속도로 크리슈나 호수의 중앙으로 흘러갔다. 그러는 사이에 야공의 만월은 더욱 붉어졌다. 동시에 천구의 가장 높은 지점으로 떠올라 갔다.

이내 붉은 달빛이 월광의 호수 크리슈나를 정확히 비추기 시작하였다. 잔잔하던 호수 표면이 서서히 붉게 물들어 갔다. 시슬란의 육체도 붉은빛에 함께 휩싸였다.

"……."

막 의식을 회복하던 시슬란이 눈부심에 눈을 찡그렸다.

그때였다.

천구 위에서 호수를 비추던 월광의 붉은 기운이 한계에 달하였다. 마침내 개기월식이 절정에 달한 것이다. 그 붉은 기운에 온 사위가 진하게 물들었다.

호수도 예외가 아니었다.

월광의 호수 크리슈나는 세상의 모든 붉은빛을 정화하여 담은 것인 양 피처럼 붉게 변하였다. 그와 동시에 천구에서 내리비치는 월광의 각도가 정확히 직각이 되었다.

그 순간 호수는 월광을 담은 장대한 붉은 술잔으로 변모
하였다.

파아아아앗……!

붉은 달과 붉은 호수가 천공과 대지에서 정확히 대비를
이루었다. 순간, 강렬한 충격파가 하늘과 땅을 질주하였다.
이내 붉은빛의 검이 호수로부터 일어나 천공을 향해 쏘아
졌다.

그 막대한 에너지와 빛 속에 호수의 모든 물질이 빨려 들
어가기 시작했다. 수십억 근의 막대한 물도, 그 안에서 살
아가던 모든 생물도 그 속에 함께 빨려 들었다.

물론 시슬란이라고 하여 예외가 있는 것은 아니었다.

좌화아악!

검이 오만한 붉은빛으로 하늘을 찔렀다.

천공은 빛나는 광채의 선혈을 흘리며 포효하였다. 그리
고 붉은빛의 검을 송두리째 집어삼켰다. 이내 검은 흔적도
없이 사라졌다.

월식의 절정은 짧고도 강렬하게 끝을 맺었다. 가없이 붉
어졌던 달은 서서히 원래의 색을 되찾아 갔다. 동시에 월광
의 호수 크리슈나도 잠잠해졌다.

하지만 호수의 모습은 이전과 많이 달라져 있었다.

호수는 퀭하고 바짝 마른 밑바닥을 드러내고 있었다. 월

식이 절정에 달하던 순간 호수 안에 있던 모든 물질이 붉은 빛의 검에 흡수되었기 때문이다.

콰르르르……!

난데없이 바닥이 드러난 호수 밑바닥으로 계곡에서부터 흘러온 물이 쏟아졌다. 아마 이 메마른 호수가 다시 채워지는 순간, 하늘의 섭리는 다시금 개기월식을 불러오게 되리라.

휘이이잉.

인적 없는 황량한 호숫가에 삭풍이 불었다.

2장.

낯선 세상에서 깨어나다

1

솔레논 호수.

일명 태양의 호수라 불리기도 하는, 이 물도 없는 메마른 호수는 솔라리스(Solaris) 대륙에선 여러 가지 의미로 제법 유명한 장소였다.

"카탈리나 여백님, 준비가 다 됐습니다."

"그래?"

마차 문이 열렸다.

이내 가느다란 하얀 발목, 옥빛 구두가 지면을 디뎠다. 타오르듯 물결치는 붉은 머리칼의 소녀, 카탈리나는 차분한 표정으로 야외용 드레스를 정리하며 메마른 호수를 감상했다.

이미 호수 주변은 이제부터 시작될 장관을 구경하러 온 얼마간의 사람들로 북적이고 있었다.

"그래, 우리 자리는 어디야?"

"이쪽입니다."

그녀가 호숫가를 향해 걸었다.

그녀의 뒤를 몇몇 가신들과 호위 기사들이 따랐다. 한쪽에 하인들이 마련해 둔 피크닉 의자에 몸을 실은 카탈리나는 푹신한 쿠션에 몸을 묻고 비로드 숄을 목으로 끌어당기며 중얼거렸다.

"조금 쌀쌀하네……."

그녀는 나지막한 목소리로 알 수 없는 몇 마디를 노래하듯 읊었다. 그리고는 딱, 소리 나게 손가락을 한 차례 튕겼다.

화륵!

허공에서 손가락 두 마디 크기의 작은 불꽃이 피어났다. 이내 불꽃은 일정한 간격을 두고 카탈리나의 주위를 천천히 맴돌았다. 그 온기 덕분에 추위가 다소 가셨다. 그녀는 초급 화염 마법을 다룰 정도로 나이에 비해 수준이 높은 마법사였던 것이다.

그렇게 추위가 해결되자 카탈리나의 뇌리로 여러 상념이

떠올랐다. 그 대부분이 그녀를 이곳 호숫가로 오게 만든 이유와 관련된 것이었다.

그녀가 중얼거렸다.

"어르신들은 왜 그렇게 잔소리가 많으신지, 참⋯⋯."

가문의 원로들을 생각하자 머리가 아파져 왔다.

아직 꽃다운 19세 나이에 벌써 결혼이라니. 아무리 백작가의 전통을 이어야 한다지만 결혼만큼은 한동안 뒤로 미루고 싶었다. 그녀 스스로 느끼기에 자신의 마법 수련은 아직 한참 모자랐다.

그녀의 입가에 쓴웃음이 떠올랐다.

"대체 이 호숫가에 오면 다른 귀족가의 남자들도 있을 거라는 그런 발상은 어떻게들 하신 건지⋯⋯. 아무튼 못 말려, 정말."

그 말처럼 지금 이 호숫가 주변에 자리를 잡고 있는 이들은 대부분 인근 영지의 귀족 자제들이었다. 하지만 애석하게도 그들 중 카탈리나의 마음에 드는 남성은 단 한 명도 없었다.

그때였다.

"시, 시작한다⋯⋯!"

호숫가 어딘가에서 누군가의 외침이 울렸다.

동시에 사람들의 시선이 밤하늘을 향하였다.

밤하늘엔 만월이 떠올라 있었다. 그런데 만월의 색이 점점 불그스름하게 변하기 시작했다. 개기월식의 시작이었다.

"아아……."

만월이 서서히 붉게 물들어 가는 초월적인 광경에 카탈리나는 그만 압도당하고 말았다. 방금까지 가득하던 잡념들을 일거에 싹 날려 버릴 만큼의 장관이었다.

샤아아아…….

기분 탓이었을까.

처연한 바람마저도 평소와 다르게 느껴졌다.

이윽고 달은 더욱 붉게, 그리고 더더욱 몽환적으로 물들어 갔다. 동시에 천공의 가장 높은 위치로 떠올랐다.

그리하여 마침내 달이 정점에 자리매김한 순간, 붉은 기운도 절정에 달하였다. 사위가 피처럼 진하게 물들었다.

쿠구구구구……!

지축이 떨기 시작했다. 놀란 사람들이 눈을 부릅뜨는 순간, 이번에는 천공의 만월이 포효를 터뜨렸다. 그때 만월에서 붉은빛의 검이 내쏘아져 메마른 호수 바닥을 세차게 내리찍었다.

거대한 충격파가 질주했다. 찬란한 붉은 광채. 카탈리나의 창백한 피부도 붉게 물들었다. 빛의 검이 산산이 분쇄되면서 빛이 막대한 물질로 대체되기 시작하였다.

그것은 물이었다.

수십 년에 한 번 월식이 일어나면 하늘에서 쏟아진 물이 호수를 채우고, 언젠가 개기일식이 일어나면 그 물이 다시 하늘로 사라지는 현상. 이것이 바로 오늘 솔레논 호수에 구경꾼들이 모인 이유였다.

카탈리나는 넋이 나간 듯한 표정으로 호수가 순식간에 채워지는 장관을 구경하였다.

그것은 너무나 압도적인, 그러면서도 매혹적인 광경이었다. 이윽고 붉은 기운은 빠르게 사라져 갔다. 야공의 만월이 정상적인 빛을 되찾았다. 거칠게 출렁이던 호수는 서서히 안정을 찾아 고요함으로 돌아갔다.

개기월식의 절정이 끝났다.

하지만 구경꾼들은 얼굴에 아쉬운 빛을 떠올리며 쉽게 자리를 뜨지 못하였다. 아직도 가슴속에 여운이 남은 탓이었다.

*　　　*　　　*

만월.

밤의 모든 존재를 비추는 생명의 창백한 불꽃.

그 불꽃을 온몸으로 받으며 시슬란은 누워 있었다. 상체
는 호숫가 육지에 걸친 채, 다리는 여전히 찰랑이는 차가운
물에 잠긴 채로.

"……."

축 늘어진 사지에서 아득한 통증이 밀려왔다. 머리가 지
끈거렸다. 이마에서 불덩이 같은 열이 느껴졌다. 반대로 물
에 잠긴 다리에서는 얼음장 같은 한기가 느껴졌다. 하지만
몸을 움직여 물에서 빠져나올 미약한 힘조차 없었다. 완벽
한 탈진 상태였다.

간신히 고개를 뒤치었다. 얼굴에 와 닿는 들풀의 감촉이
생소했다. 시야 가득 들어오는 풍경 또한 생소했다. 그러면
서도 동시에 익숙하기도 하였다.

"여긴……?"

월광의 크리슈나 호수가 있던 자리다. 주변의 지형을 보
면 한눈에 알 수 있었다.

"후…… 후후후……."

웃음이 나왔다. 이유는 몰랐다. 그냥, 어쩌면 지금 처지
가 웃겨서인지도 모른다. 아니면 이런 자신을 위해 모든 것
을 바친 두 수하가 떠올라서였는지도.

"락토르, 아리안……."

충실했던 이름들을 불러 보지만 이제 그들은 곁에 없다.

죽었는지 살았는지조차 모른다. 하나, 아마도 그들은 무사하지 못할 것이다. 그것만큼은 시슬란도 이미 짐작하고 있었다.

그러는 사이 밤은 새벽을 향해 더욱더 깊어졌다. 천공을 가득 채운 별 무리가 서늘한 온기를 뿌려 왔다. 그만큼 시슬란의 육체는 서서히 식어 갔다.

조금씩, 정신이 아득하게 흐려져 갔다.

'끝……인가.'

씁쓸한 웃음이 입가에 걸렸다.

그때였다.

덜컹, 빠가각!

조금 떨어진 곳에서 무언가 부서지는 소리가 들렸다. 그 소리가 아득해지던 시슬란의 정신을 일깨웠다.

그는 떨리는 손을 겨우겨우 움직였다. 그리고 형편없이 흐트러진 옷차림을 할 수 있는 만큼까지 정리했다. 그 단순한 동작을 수행하는 데에도 꽤 긴 시간이 걸렸다.

점차 호흡이 가빠졌다.

'이제 곧 두 번째 달이 뜰 테지.'

아침에 떠오르는 두 번째 달을 보며 맞는 최후도 나름 나쁘지는 않으리라. 그런 기대를 품으며 시슬란은 고개를 동쪽으로 돌렸다.

곧 새벽의 첫 빛무리가 밝아 왔다.

하지만 그 여명은 시슬란이 익히 알고 있던 두 번째 달의 은은한 아침 월출(月出)과는 확연히 달랐다.

이윽고 동쪽에서 둥근 천체가 떠올랐다.

그것은 두 번째 달이 아니었다. 천체는 그보다도 훨씬 장엄하고 강렬한 모습을 하고 있었다.

"……."

태어나서 처음으로 마주하는 화려한 금빛 물결. 그 압도적인 장관 앞에선 천하의 시슬란도 벌려진 입을 다물지 못하였다.

문득, 신화와 전설로만 들어 보았던 다른 세상의 이야기가 떠올랐다.

그랬다.

그가 듣기로 달빛과 그림자의 세계 루나티카가 아닌, 다른 세상이 있다고 했었다. 시간과 공간마저도 건너뛴 더욱 머나먼 곳에, 루나리언 일족이 아닌 다른 사람들이 사는 세상이 있다고 했었다.

그곳에서는 아침마다 두 번째 달 대신에 또 다른 찬란한 무엇이 하늘을 밝힌다고 했었던 것 같다.

동쪽 창공을 열어젖히며 장렬하게 타오르는 황금빛 불

길, 난생처음으로 보는 태양의 세례를 온몸으로 받으며 시슬란은 의식의 끈을 놓쳤다.

2

"이 남자, 상태가 어떻지?"

"간신히 고비는 넘긴 것 같습니다."

"그래? 다행이야. 이 사람이 입고 있던 의복은?"

"여기 있습니다."

"흐음……. 처음 보는 형식이네. 한텔 씨도 그런가?"

"예."

"혹시 다른 먼 나라에서 온 사람일까?"

"저도 확신은 서지 않습니다. 하지만 출신지가 어디이건 범상한 신분의 사람이 걸칠 만한 옷은 분명 아니라고 봅니다."

"그렇겠지? 어쨌건 고생 많았어. 덕분에 나는 한동안 영감들의 잔소리에서도 해방될 수 있을 거야. 만일 내 생각대로 된다면 말이지. 어쨌건, 정말로 그렇게 된다면 특별히 상을 내릴 테니 기대해도 좋아."

"송구스럽습니다."

"그럼 이 남자, 언제쯤 깨어날까?"

"우선은 열이 내려야 할 테지요."

"부디 잘 보살펴 줘."

"알겠습니다."

누군가의 말소리가 들렸다.

누굴까.

그리고 여기는 대체 어디일까.

움직이려 했다. 그런데 몸이 말을 듣지 않았다.

마치 실 끊어진 마리오네트 인형이 된 듯한 기분이 들었다. 당혹스러웠다.

왜 이렇게 된 걸까.

절망 속에서 불현듯 떠올랐다.

비슈누 궁, 배신, 배신, 거기에 다시 이어진 배신, 고립, 반란, 타오르던 참화, 충실했던 수하 락토르와 아리안, 급류, 그리고 명왕 칸다하르의 수하까지.

으드득.

주먹을 쥐었다. 이빨을 갈았다. 최소한 그렇게 해보려 애썼다. 그러지 않고서는 가슴속에서 이글이글 타오르며 들끓는 감정을 주체할 수 없을 것만 같았다.

하지만 그 덕에 한 가지 확신은 들었다.

아직 이 생명이 다하지는 않았다는 것.

여전히 심장이 힘차게 맥동하고 있다는 것.

그래, 그것으로 되었다.

일단은.

"……."

눈을 떴다. 아니, 뜨려 했다.

주변은 지나치게 밝았다. 마치 바늘로 눈을 쿡쿡, 찌르는 듯한 느낌이 들었다. 눈부심을 참으며 억지로 눈꺼풀을 들어 올렸다.

조금씩, 아주 조금씩 눈앞에 상이 맺히기 시작했다.

처음으로 시야에 들어온 것은 처음 보는 형식의 실내였다.

'내 침실은…… 아니야.'

새하얀 도료로 깔끔하게 칠해진 천장. 그곳에는 수많은 사람들의 모습이 부조로 새겨져 있었다.

창을 든 사내.

도자기를 든 여인.

밤하늘을 가르는 만월.

그리고…… 창공을 밝히는 태양.

불현듯 한 가지 의문이 들었다.

'여기는……?'

몸을 일으켰다.

상체를 덮고 있던 새하얀 새틴 직물이 스르륵 흘러내렸다. 단단하게 짜인, 날렵하면서도 매끈한 그의 상반신이 그대로 드러났다.

시슬란은 자신의 몸을 살폈다. 그러면서 이상함을 느꼈다.

'상처가······.'

하나도 없었다.

기억은 분명했다. 12 수호 기사와의 대결, 그리고 급류에 쓸려 내려오던 긴박한 순간들까지도.

그동안 입었던 상처들은 하나같이 치명상이었다. 그런데 지금은 생채기 하나 남아 있지 않았다. 심지어 생명을 좀먹고 있던 극독의 기운도 감지되지 않았다.

이상한 일이었다.

급류에서 의식을 잃던 순간이 떠올랐다.

'당시 나는 어떻게 된 것일까.'

그의 시선이 창가를 향해 돌아갔다. 황금빛 물결 같은 햇빛이 창가를 부드럽게 간질이고 있었다.

결코, 시슬란이 본 적 없는 종류의 빛이었다.

창가로 다가섰다. 햇빛을 향해 천천히 손을 뻗었다.

그 순간이었다.

"······!"

시슬란의 눈썹이 찡그려졌다. 강렬한 빛이 닿자마자 손등에서 따가운 통증이 느껴졌다.

그는 놀람과 더불어 심각한 의문을 느꼈다.

'여긴 대체 어디인가. 그리고 난 얼마 동안 누워 있었던 것일까.'

문득 이러고 있을 때가 아니라는 생각이 들었다.

어서 비슈누 궁으로 돌아가야 한다.

간악한 반란 도배의 무리를 척결해야 한다.

그리하여 황실의 지엄한 권위를 바로 세워야 한다. 그것이야말로 바로 황족이 이행해야 할…….

그때였다.

"어머나?"

누군가의 목소리가 들려왔다.

"깨어……나셨군요?"

"……."

침실 문가에는 물결치는 붉은 머리칼의 여인이 서 있었다. 그런데 상체를 훤히 드러내어 놓고 있는 시슬란의 모습 탓이었을까. 그녀는 시슬란을 똑바로 바라보지 못하고 있었다.

그녀가 더듬거렸다.

"새, 생각보다 일찍 일어났군요. 가문의 주치의 말로는 족히 보름은 더 걸릴 거라고 했었는데 말이죠. 그래도……
운이 좋았어요. 마침 그때 그 호숫가에서 발견되지 않았다
면 십중팔구 목숨이 위험해졌을 테니까요."

"……."

"어, 어쨌건 이렇게 건강하게 일어났으니 다행이긴 한
데……. 그런데 저…… 셔츠를 좀 입어 주겠어요? 침대 머
리맡에 개어 놓은 것이 보일 거예요."

시슬란이 듣기에 여인의 말투는 몹시 이상했다. 뜻을 알
아들을 수는 있었지만 한 번도 접한 적이 없는 낯선 억양이
었다.

그러고 보니 이곳에는 그에게 낯선 것들이 너무나 많았
다. 하늘에서 사방을 밝히는 이상한 천체부터 시작해서 사
람들이 쓰는 말투까지.

대체 여긴…… 어딜까.

의문과 의혹이 더욱 깊어지는 것을 느끼며 셔츠를 걸쳤
다. 여인은 그제야 시슬란을 똑바로 바라보았다. 점잖으면
서도 우아한 눈빛을 지닌 여인이었다.

"흠, 이제 한결 낫군요. 혹시나 해서 지나는 길에 들렀다
가 잠깐 놀라긴 했지만, 어쨌건 다행이네요. 그래도 앞으로
당분간 이곳에 계시는 동안은 이곳의 격조에 맞는 품행을
부탁해요. 아시겠죠?"

"……."

시슬란은 아무 말도 않고 여인을 마주 보았다. 무심한 듯
하면서도 깊이를 알 수 없는 시선으로.

그 때문이었을까.

어느새 여인의 입이 닫혔다.

하지만 그럼에도 시슬란은 눈길을 거두지 않았다.

어색한 침묵.

여인의 얼굴에 어색한 홍조가 피었다.

"지, 지금 이게 얼마나 무례한 행동인지 아시는 건가요?
이곳은 전통 있는 로젠 백작가랍니다. 다시 한 번 엄중히
부탁하는데, 앞으로 이곳에 계시는 동안은 본 가문의 격조
에 맞는……."

"그대의 이름은?"

비로소 시슬란의 입이 열렸다.

"네……?"

"부디 내게 은인의 이름을 알려 주길."

"……."

여인은 그만 굳어 버렸다. 설마 상대의 입에서 저런 정
중한 말이 나올 줄은 몰랐다. 게다가 그의 말투는 무척이나
고풍스러웠다. 마치, 옛이야기 책의 왕족들이나 쓸 법한 말
투였다.

만일 다른 누군가가 저런 말투로 질문을 던졌다면 여인은 당혹스러움과 민망함을 느꼈으리라.

하지만 눈앞의 사내는 달랐다.

여인은 그의 말투가 어색하거나 촌스럽지 않다고 느꼈다. 아니, 오히려 그 발음과 악센트가 무척이나 독특하면서도 우아하게 들렸다. 바로 어조 속에 담긴, 말로는 단정하지 못할 특이한 분위기 덕분이었다.

그 분위기의 정체는 바로 격조 있는 기품이었다.

꾸우욱.

여인은 저도 모르게 자신의 치맛단을 꼭 쥐었다.

저런 기품은 아무나 발하는 것이 아니다.

평민은 죽었다 깨어나도 당연히 불가능.

돈 많은 상인이나 벼락부자들도 수년간 교양을 쌓고서야 모양새만 간신히 흉내 낼 수 있을 뿐이다. 말 그대로 어릴 때부터 엄격한 수업으로 몸에 배도록 하지 않고는 절대로 갖출 수가 없는 것이 기품이라는 힘이었다.

전통 있는 백작가의 어린 가주인 여인은 그런 사실을 누구보다도 잘 알았다.

그런데 눈앞의 이 남자는 그녀 자신이나 다른 또래의 귀족들조차 갖추지 못한 기품을 너무나 자연스럽게 발산하고 있었다.

'이 사람, 정체가?'

그녀는 의심을 품었다.

"흠, 흠."

이런 경우, 의문을 풀려면 반응을 보는 것이 제일이다.

여인은 허리를 꼿꼿이 세웠다. 지닌바 품격이 은은히 드러나도록 어깨는 당당하게, 그러면서도 두 팔은 가지런하며 손 모양새는 우아하게 하였다.

"로젠 백작가의 17대 가주, 카탈리나 에스칸테 폰 로젠이라고 해요. 이상하게 들릴지도 모르겠지만 본 가문은 시조이자 왕국의 개국 공신이신 대마법사 칼리아 여백께서 남긴 유지에 따라 대대로 여인만이 백작 위를 물려받고 있답니다. 그럼, 귀하의 성함은……?"

시슬란은 흘러내린 앞 머리칼을 쓸어 넘겼다.

덕분에 반쯤 가려져 있던 그의 얼굴이 완전히 드러났다. 아주 짧은 순간 들이마신 여인의 호흡이 멈추었다. 하지만 그녀 자신도 그것을 깨닫지 못하였다.

"시슬란이라 부르도록."

짧고도 간단한 대답.

하지만 그 짧은 한마디, 그 속에 담긴 자신 있는 어조를 통해 카탈리나는 확신했다.

'이 사람은…….'

3

"먼 외국의 귀족이래. 틀림없이."

백작가의 시녀 하나가 동료의 귓가에 속닥거렸다.

"정말? 정말?"

"그럼 정말이지. 내가 거짓말이나 하게 생겼니?"

의기양양하게 콧대를 올리는 시녀, 질리안의 주근깨 위로 옅은 홍조가 배었다. 그녀가 자랑하듯 말했다.

"오늘 아침 식사 때 카탈리나 여백님께서 한텔 씨에게 하는 이야기를 들었단 말이야. 그 남자, 분명히 어딘가 먼 지방의 귀족임이 틀림없을 거라고 하셨어. 그것도 꽤나 신분이 높을지도 모르는."

"아아, 어쩐지……. 잠든 모습만 봤는데도 뭔가 다르긴 하더라."

"뭐? 잠든 모습?"

"응. 못 봤니?"

그 한마디에 의기양양함이 전도되었다. 질리안은 오히려 부러운 눈초리로 동료를 바라보았다. 그 눈길을 즐기며 동료 시녀가 말했다.

"어제 오후였어. 주방에서 쓸 물을 갈고 있었는데 여백님께서 날 부르시는 게 아니겠니? 마침 일도 힘들고 하던 차에 뭔가 좋은 일이 있겠다 싶더라고. 그래서 여백님을 따라갔지."

"그래서?"

"그래서는 무슨 그래서, 그 남자의 방을 정리했지."

"그럼, 그때 그가 자고 있었단 말이야?"

"응. 옆에서 분주하게 움직이는데도 깨지도 않고 자더라? 곤하게 잠든 하얀 얼굴이 얼마나 곱고 예쁘던지. 막 상상이 가지 않아?"

"아아, 그만. 그마안. 부러워 죽겠단 말이야."

"계집애, 너도 부러우면 여백님께 잘 보이렴."

두 시녀는 뭐가 그리도 좋은지 키득거리며 서로의 어깨를 두드렸다.

그때였다.

"잠시 실례."

누군가의 말소리가 바로 뒤에서 들려왔다. 수다에 정신이 팔려 있던 두 시녀가 깜짝 놀랐음은 물론이었다.

"꺄악?"

"어머나?"

두 시녀는 뒤를 돌아본 다음엔 아예 온몸이 굳어 버리고 말았다. 방금까지 그녀들의 도마 위에서 품평을 당하던 시슬란이 뒤에 서 있었던 까닭이다.

시슬란이 말했다.

"길을 묻고 싶은데."

"……."

"이 근처에 다리가 있다고 들었어."

"……."

"내 말을 듣고는 있나?"

"……."

시슬란의 한쪽 눈썹이 우아하게 휘어들려는 찰나, 질리안이 갑작스레 외쳤다.

"마, 마, 마리엔 다리요!"

갑자기 관절에 이상이 생긴 것일까. 그녀는 기름칠이 덜되어 삐걱거리는 양철 인형처럼 어색하게 움직여 한쪽을 가리켰다.

"그래요, 맞아요. 마, 마, 마리엔 다리라면 저쪽으로 쭉 가시면……."

"그런가?"

"예, 예……!"

"고맙군."

시슬란은 그 말만 남기고는 질리안이 가리킨 곳으로 사

라졌다.

두 시녀는 그의 뒷모습을 한참이나 보았다. 그러다가 둘이 약속이라도 한 듯 동시에 참았던 숨을 내뱉었다.

"후, 후아……!"

"어, 어때?"

"뭐가?"

"나, 나…… 저분이랑 말을 나눴어."

"하아, 부럽다……."

시슬란은 그녀들의 수다를 뒤로하고 걸었다.

이곳에서 눈을 뜬 지도 벌써 사흘이 지났다. 그동안 여기가 어디인지 끝없이 고민하며 주위를 관찰했다.

그리하여 얻은 결론은 충격적인 것이었다.

'이곳은 루나티카와 전혀 다르다…….'

아침이면 찬란한 해가 떠오르는 낯선 세상. 그래서 그가 밖으로 나설 수 없도록 만들어 버리는 세상.

햇빛은 그에게 상당한 고통을 주었다. 고통뿐만이 아니었다. 장시간 볕을 쬐면 현기증마저 느껴졌다. 때문에 그는 현재 지금처럼 저녁노을이 질 무렵에야 야외로 나올 수 있는 신세가 되어 있었다.

게다가 곤혹스러운 것은 그것만이 아니었다.

그는 무심결에 자신의 손바닥을 내려다보았다. 옆으로

길게 누운 노을빛이 손가락 그림자를 손바닥 위로 드리웠다.

시슬란은 손가락 그림자를 바라보며 정신을 집중했다.

"……."

그러나 그림자는 움직이지 않았다.

이유는 그도 몰랐다.

이곳의 태양광 아래에서의 그는 루나티카 황가의 후손에 어울리는 신위는커녕 보통의 루나리언이 행하는 만큼의 능력도 발휘할 수 없는 상태였다. 적어도 몸을 뒤덮어 줄 그림자가 없을 때는 그러했다.

물론 밤이 오면 그런 현상은 사라졌다. 하지만 하루의 절반을 무력한 상태로 보내야 한다고 생각하니 절로 답답함과 초조함이 치밀었다.

그사이 시슬란은 마리엔 다리에 도착했다.

절벽 위를 차지하고 있는 백작성, 그곳에서도 절벽의 가장 끝 면을 차지하고 있는 다리. 그래서 한쪽은 백작성에 걸쳐 있으나 반대편은 절벽 위 허공을 향해 뻗어 있는 기이한 다리.

하나, 그는 단지 이 신기한 다리를 구경하고자 온 것이 아니었다.

마리엔 다리를 건너 반대편 끝에 바짝 다가섰다. 그러자 자연히 절벽 아래의 정경이 한눈에 들어왔다. 주변의 지형을 자세히 관찰했다.

"……."

석양이 지는 하늘 아래에 넓은 들판이 펼쳐져 있었다. 들판 몇몇 군데에는 마을이 번성하여 자리를 차지하고 있었다. 반대편 산악 지대로는 거친 급류가 흐르는 계곡과 거울처럼 투명하게 반짝이는 커다란 호수가 보였다.

이내 시슬란이 한숨처럼 내뱉었다.

"정말 똑같군. 비슈누 궁이 있던 곳과……."

그의 말처럼 이곳의 지형은 비슈누 궁이 있던 곳과 놀라울 정도로 비슷했다. 들판과 산세의 모양은 물론이고, 계곡 너머 호수의 지형과 경관도 루나티카의 크리슈나 호수와 완벽히 같았다.

게다가 지금 그 자신이 서 있는 이곳 마리엔 다리의 위치는…….

"내 연공실 자리임이 틀림없다."

그랬다.

이곳 로젠 백작성이 있는 터는 그의 연공실이 있던 자리와 정확히 일치하였다. 또한, 이곳 마리엔 다리는 반란이 일어났던 당시 그가 반란 도배들로부터 죽음의 경배를 받아 낸 자리이기도 했다.

시슬란은 복잡한 심경으로 다시 한 번 지형을 살폈다.

'대체 이게······.'

어떻게 된 일일까.

그리고 이곳은 어디일까.

같은 장소?

아니다. 그럴 리는 없다.

그것은 서쪽으로 저물어 가는 태양을 보면 알 수 있었다. 시슬란이 살던 세계, 루나티카에는 태양이라는 존재가 아예 없었으니까. 그러니 이곳이 루나티카의 알려지지 않은 어떤 지방일 리는 결코 없었다. 그가 아는 한 루나티카에 이런 곳은 없었다.

문득 시슬란의 뇌리로 지난 며칠 동안 얻었던 정보들과 전혀 낯선 법칙이 지배하는 이곳의 환경들이 떠올랐다.

그렇다면 결론은······.

"같은 장소, 다른 공간이라는 것인가."

펄럭!

그는 돌아섰다. 셔츠 자락이 절벽의 바람에 어지러이 휘날렸다. 마치 지금 그의 기분처럼.

마리엔 다리에서 나름의 결론을 얻은 시슬란은 자신의 방으로 돌아왔다.

그의 가슴은 노기로 심하게 두근거리고 있었다.

'명왕 칸다하르……. 틀림없이 이번 반란에는 그가 깊이 개입되어 있을 터.'

사실 명왕은 시슬란의 삼촌이자 선대 황제의 아우였다.

그를 생각할수록 가슴속에 불길이 일었다. 그것은 고요한 분노였다. 깨어진 자존심, 그리고 비명에 갔을 충실한 수하들.

그의 주홍빛 눈동자에 서늘한 빛이 감돌았다.

'기필코…….'

다시 돌아가야 한다.

그렇게 그가 결의를 다지고 있을 무렵이었다.

끼이이익.

방문이 열렸다. 문틈으로 아까 낮에 보았던 주근깨 시녀가 모습을 나타냈다.

"저, 저기……."

"무슨 일이지?"

"카탈리나 여백님께서 찾으십니다. 불편하거나 하지 않으시다면 함께 저녁 식사를 드시지 않겠느냐고……."

"식사를?"

잔뜩 상기된 그녀의 얼굴은 너무나 눈에 잘 띄었다.

시슬란은 무심하게 대꾸했다.

"안내하도록."

그는 질리안의 안내를 받아 복도를 걸었다. 그렇게 얼마
나 한참을 걸었을까.

"아까는 고마웠다."

"네?"

시슬란은 지나가듯 내뱉었다.

"길을 알려 주지 않았다면 마마마리엔 다리를 찾는 데
애를 먹었을 테지."

"마, 마, 마리엔 다리요?"

"그래, 마마마리엔."

주근깨 시녀의 얼굴은 그만 홍당무가 되어 버렸다.

시슬란은 진지한 얼굴로 턱을 쓰다듬었다.

"대체 누가 지은 걸까, 그 이름은. 독특하단 말이야."

"……."

"그런데 말이지, 또 하나 묻고 싶은 것이 있는데."

"네? 마, 마, 말씀하세요."

그녀가 자꾸만 말을 더듬는 모습에 시슬란은 속으로 쓴
웃음을 지었다.

그가 질문했다.

"이곳에도 식(Eclipse) 현상이 있나?"

"식, 이요? 일식이나 월식 같은 것 말인가요?"

"그렇다."

질리안의 답은 곧바로 돌아왔다.

"네. 일식과 월식이라면 아마도 대륙에서 이곳 영지의 솔레논 호수가 가장 유명할 거예요. 개기월식이 일어날 때면 마른 호수에 물이 채워지고, 반대로 일식이 일어날 때는 그 물이 다시 하늘로 사라진다고 하거든요. 물론…… 저는 아직 구경해 보지 못했지만."

"……."

시슬란의 눈이 빛났다.

질리안의 답을 통해 짐작할 수 있었다. 월식을 통해 루나티카의 크리슈나 호수에서 이곳으로 물질이 옮겨짐을. 또한, 일식을 통해 반대 현상이 일어나는 것임을.

하나, 그럼에도 이런 현상이 양쪽 세계에 제대로 알려지지 않은 것은 물질이 전송될 때의 엄청난 압력과 충격 때문이리라.

실제로 시슬란도 붉은 검에 흡수될 때 자칫 죽음을 면치 못할 뻔했다. 그만큼 붉은 검 내부의 압력은 무시무시했다. 그러니 이전에 다른 누군가가 실수로 호수에 빠진 적이 있다 하여도 십중팔구 시체가 되어 건너편 세계로 전송되었을 것이다.

하지만 이미 그 위험을 극복한 적이 있는 시슬란은 비교적 안전하게 루나티카로 돌아갈 자신이 있었다.

"그럼, 그 일식이라는 것이 언제 일어나는지 예측할 수 있는 것인가?"

처음으로 시슬란의 눈동자에 열망 비슷한 것이 희미하게 스쳐 지나갔다. 질리안이 활짝 웃으며 고개를 끄덕였다.

"네, 예측할 수 있어요."

하지만 이어진 그녀의 말은 실망스러운 것이었다.

"하지만 다음 개기일식은 20년 후래요. 조금 많이 남았죠?"

"……."

무려 20년이라니.

맥이 탁 풀리는 느낌이었다.

그러는 사이에 두 사람은 목적지에 도착했다.

시슬란은 하인이 열어 주는 문 안쪽으로 들어섰다. 샹들리에가 화려한 빛을 뿌리는 아래에는 십여 미터에 달하는 기다란 테이블이 있었다.

"늦었군요. 앉으시죠."

붉은 머리의 여인, 카탈리나가 반대편 끝에 앉아 있었다.

하지만 시슬란은 그녀를 거들떠보지도 않았다.

"……."

그의 눈은 테이블 위에 가지런히 배열된 요리들을 살피

고 있었다. 아니, 더 정확하게 말하자면 통째로 구운 새끼
돼지 등의 고기 요리들을 중점적으로 살피고 있었다.

시슬란의 기다란 속눈썹이 미세하게 경련했다.

이내 그의 눈동자에 강렬한 감정의 불꽃이 피어올랐다.

그것은 혐오와 경멸의 불길이었다.

3장.

기사단장과의 결투

1

'감히, 내게 육류를……?'

그는 벌레라도 보는 듯한 눈빛으로 육류 요리들을 살폈
다. 이내 그의 시선이 카탈리나를 향했다.

"왜 그러시죠? 앉으세요. 사양할 것 없답니다."

카탈리나의 얼굴에는 악의가 없어 보였다.

"……."

시슬란은 일단 자리에 앉았다. 다행이라면 다행일까, 마
침 손이 닿는 가까운 곳에 채소와 과일을 약간 버무린 샐러
드가 있었다.

달그락달그락.

식사가 시작되었다.

카탈리나는 익숙한 손놀림으로 스테이크를 썰어 입에 넣었다. 그러면서 시슬란을 자세히 관찰했다.

카탈리나의 눈빛이 은근히 반짝였다.

'그래, 저 정도면 됐어. 외모도 어디 빠질 정도가 아니라 솔직히 감탄이 들 정도고, 좌석에 앉는 모습이나 자세를 보니 예법에도 정통해. 이 정도 수준의 남자와 가까이 지낸다면 충분히 원로 영감들의 이목을 속일 수 있을 거야.'

반짝이는 눈동자와 더불어 머릿속의 주판알도 열심히 움직였다.

'대강 어느 정도 관심 있는 척하면서 잘해 주면 충분히 넘어올 거야. 나 정도의 매력을 지닌 여성이면 그건 당연한 일이지 않겠어? 그 뒤엔 일단 거리를 적당히 조절하는 게 중요하겠지? 그래야 문중의 어른들도 내가 진지한 만남을 이어 가는 줄 알고 하루빨리 남자를 만나 결혼하라는 잔소리를 그칠 테니까.'

그녀의 목적은 시슬란이 자신에게 호감을 느끼게 하는 것이었다. 그리하여 매일같이 이어지던 가문 원로들의 잔소리를 그치게 하는 데에 있었다. 그렇다. 그녀는 원로들의 바람과 같이 일찍 시집가고 싶지는 않았던 것이다.

카탈리나가 조심스레 물었다.

"성함이…… 시슬란 씨라고 했었죠?"

시슬란은 그녀에게 잠깐 눈길을 주었을 뿐, 샐러드 약간을 자신의 접시로 묵묵히 덜었다.

달그락.

카탈리나의 질문이 이어졌다.

"저기, 실례지만 고향이 어디인지 여쭤도 될까요?"

시슬란이 그녀를 잠시 쳐다봤다.

그의 대답은 간단했다.

"루나티카."

"루나……티카요?"

카탈리나로서는 처음 들어 보는 지명이었다. 약간은 당혹스러웠다. 하지만 그녀는 살포시 미소 지었다.

"생소한 이름이네요. 그래도 알려 주셔서 고마워요. 그럼 그곳에선 어떤 지위를 가지고 계셨죠?"

이번에도 답은 간단했다.

"황태자."

"아, 그러셨구나. 황태…… 네?"

카탈리나의 눈이 휘둥그레졌다. 하지만 그것도 잠시, 그녀의 눈에 일말의 불쾌감이 깃들었다.

'……황태자?'

당신, 지금 장난해? 아니면 혹시 그거 풍자? 유머?

카탈리나는 속으로 코웃음을 치며 말했다.

"재미있군요. 혹시 사칭할 만한 적당한 신분이 떠오르지 않으시는 건가요? 그렇다면 무척이나 실망일 텐데요."

일부러 그를 도발했다.

발끈한 시슬란이 자신의 신분을 밝히길 바라며.

하나, 그녀의 판단은 틀렸다.

"……."

시슬란은 아무런 말도 없이 그녀를 물끄러미 바라보았다.

카탈리나는 절로 전신이 굳어 버렸다.

'아……?'

이상하게도 시슬란의 눈동자를 마주하는 순간 몸을 움직일 수가 없었다.

그녀 스스로도 이유는 몰랐다.

그냥, 어쩐지, 만일 움직이기라도 한다면 시슬란의 기분을 엄청나게 상하게 할 것만 같다는 느낌이 들었다. 어처구니가 없었지만 그게 이유의 다였다.

'그런데 왜 내가 저 사람이 기분 상할 것을 염려하는 거지? 대체 왜? 내가 이곳의 주인인데.'

그런 생각이 들기도 했다.

하나, 그것은 단지 생각일 뿐이었다. 시슬란의 기품, 그

속에 진하게 배어 있는 위엄, 너무나 자연스러운 위세 앞에
그녀는 절로 위축된 것이었다.

피부가 베일 것만 같은 정적.

그렇게 얼마나 있었을까.

시슬란이 작은 한숨과 함께 시선을 거두었다. 그러자 카
탈리나를 얽어매던 위압감도 자연히 해소되었다.

"저, 아까 그 말은 그냥 별 뜻 없이……."

"그만."

"……."

카탈리나의 입이 단번에 닫혔다.

"이만 쉬고 싶군."

"그, 그럼……."

"먼저 일어나도 되겠나?"

"불편하시다면…… 그렇게 하세요."

시슬란은 조용히 의자를 밀고 일어섰다.

카탈리나는 그런 시슬란의 뜻을 거역하지 못했다.

마치 주인과 손님이 뒤바뀐 듯한 상황.

시슬란의 행동이 너무나 당당하면서도 지극히 자연스러
웠기 때문일까. 카탈리나도, 심지어는 곁에서 식사 시중을
들던 하인들과 하녀들도 그런 사실을 전혀 깨닫지 못하였
다.

"그럼, 먼저 실례."

그 말과 함께 시슬란은 유유히 사라졌다.

이내 카탈리나의 입에서 한숨이 새어 나왔다.

"하아……."

어찌 보면 이는 손님을 초대한 주인의 입장에서 상당한 모욕감을 느낄 수도 있는 상황이었다.

하지만 카탈리나가 지금 느끼는 감정은 달랐다.

"혹시 내가 그를 화나게 한 걸까?"

그녀는 애꿎은 치맛자락을 만지작거렸다.

카탈리나는 다음 날에도 시슬란과의 대화를 포기하지 않았다. 가문 원로들의 눈을 속이려는 계획을 위해서라면 어떻게든 그와 화해를 해야 했다.

그녀는 아침이 밝자마자 시슬란을 초대했다.

"……."

육류 요리를 쳐다보는 시슬란의 눈길은 여전히 냉랭했다. 하지만 카탈리나는 그런 시슬란의 반응을 오해했다. 설마 고기가 싫어서 그러는 것이라고는 상상도 하지 못한 것이다.

그녀로서는 당연했다. 전혀 다른 세상인 루나티카에서 사는 시슬란의 민족이 근본부터 채식주의자들임을 그녀가 알 리는 없었으니까.

"저기……."

달그락달그락.

오늘도 여전히 시슬란의 포크는 샐러드 접시 근처만을 열심히 오갔다.

"어제는 미안했어요."

달그락.

"설마 당신이 그렇게 화를 낼 줄은 몰랐어요."

달그락달그락.

"그러니까 이젠 그만 화를 푸시는 게……."

"이 샐러드, 제법 괜찮네."

"……네?"

"다음부터는 이런 것들이 많아졌으면 좋겠군. 그럼 이만, 오늘도 먼저 실례."

시슬란은 냉정한 얼굴로 일어섰다. 그는 카탈리나에게 일절 시선조차 주지 않고 그대로 몸을 돌려 식당 문을 열었다.

하지만 시슬란은 문 앞에 멈추어 설 수밖에 없었다.

문밖에서 누군가가 그의 앞을 막아섰기 때문이다.

놀랍게도 상대는 매우 탄탄한 몸매의 여인이었다.

"당신은 누구지? 성의 손님인가? 그런데 왜 성주이자 가주이신 카탈리나 여백님께 함부로 무례를 범하는 것이지?"

여인이 시슬란을 똑바로 노려보며 으르렁거리듯 내뱉었다. 시슬란의 키가 비교적 큰 편임에도 그녀는 시슬란과 눈높이가 엇비슷했다. 어지간한 남자들에게도 지지 않을 장신이었다.

또한, 햇볕에 그을린 그녀의 구릿빛 피부와 근육질 육체는 날씬하면서도 표범처럼 탄력 있어 보였다.

"······."

시슬란은 대답 없이 그녀의 모습을 살폈다. 일찍이 루나티카에서 혹독한 수련을 거친 그는 상대가 지닌 근골의 발달 상태나 자세, 호흡의 깊이를 보면 그 실력을 어느 정도는 파악할 수 있었다.

'육신의 능력만큼은 락토르나 아리안과 비슷한 수준인가······. 여인의 몸으로 대단하군.'

시슬란이 여인을 마주 보았다.

"내게 물음을 던지는 그쪽의 이름은?"

"하, 내게 되묻는 거냐?"

여인은 목 관절을 좌우로 풀며 어이가 없다는 얼굴로 반문했다. 벌써 한쪽 눈썹이 실룩거리는 것으로 보아 성격 또한 매우 급한 편인 듯했다.

어쩌면 당장에라도 주먹을 날릴지도 모를 만큼.

꽈드득!

아니나 다를까, 여인의 주먹이 말아 쥐어지며 섬뜩한 소음을 냈다. 황소도 한 방에 쓰러뜨릴 만큼 단련되어 보이는 주먹이었다.

그녀가 주먹을 뒤로 잡아당겼다.

바로 그때였다.

"야니카! 거기까지."

카탈리나의 음성이 여인의 주의를 돌렸다. 이름을 불린 여인, 야니카의 주먹이 막 시슬란을 향해 날아가려다 멈추었다.

카탈리나의 음성이 재차 울렸다.

"누가 뭐라고 해도 그 사람은 내 손님이야."

"하지만 여백님."

"야니카, 일을 마쳤으면 보고부터 하는 게 순서가 아닐까?"

"크음……."

성정이 급하고 난폭해 보이는 야니카였다. 하지만 신기하게도 그녀는 카탈리나의 말에는 비교적 고분고분한 반응을 보였다.

결국 야니카는 체념한 얼굴로 주먹을 폈다. 하나, 시슬란을 노려보는 사나운 눈길만은 끝까지 거두지 않았다.

"오늘은 여백님의 얼굴을 봐서 참는 거야. 하지만 다음은 없을 줄 알아."

으르렁거리는 그녀의 모습은 마치 성난 암표범과도 비슷했다. 알았지? 한 번만 더 걸려 봐. 죽어. 너, 얼굴 봐놨어.

하지만 시슬란은 귀찮음을 느꼈다. 그래서 그대로 대답 없이 야니카의 곁을 지나쳐 복도로 향했다.

그 모습에 발끈한 야니카가 커다란 손아귀로 시슬란의 한쪽 어깨를 움켜쥐었다.

"이봐, 대답도 없이 어딜 감히……!"

그 순간이었다.

시슬란이 야니카를 향해 고개를 돌렸다. 그리고 처음으로 그녀와 눈을 마주쳤다.

"……!"

순간 야니카의 어깨가 경직되었다. 눈동자도 흔들렸다. 시슬란의 주홍빛 눈빛을 일별하는 순간, 그녀 스스로도 이해할 수 없는 전율이 등골과 후두부를 강타하는 듯한 충격을 느꼈다.

그렇게 야니카는 말 그대로 시슬란의 눈빛에 의해 완전히 굳어 버렸다. 그것은 짧은 시간이었다. 하나, 시슬란이 야니카의 손아귀를 살짝 밀어내기에는 충분한 시간이기도 하였다.

"그럼, 이만 실례."

그제야 야니카의 정신이 번쩍 되돌아왔다. 하지만 그때 이미 시슬란은 저만치 멀어지고 있었다.

"크읔……. 이게!"

야니카는 치를 떨며 시슬란을 뒤쫓아 가려 하였다. 이유는 모르겠지만 화가 났다. 시선 하나에 경직되어 정신을 놓은 스스로에게도 화가 났다. 그녀는 그 모든 화를 시슬란에게 돌렸다.

그때였다.

"야니카!"

카탈리나의 준엄한 목소리가 울렸다.

그제야 야니카는 잠시 주먹을 떨다가 몸을 돌려 카탈리나 앞에 섰다.

"단장 야니카 폰 에스트, 부여된 감찰 임무를 완수하고 무사히 복귀하였습니다."

철컹!

강철 보호대를 두른 그녀의 한쪽 무릎이 바닥에 부딪히며 육중한 소리를 토해 냈다.

*　　　*　　　*

다음 날 오후에도 카탈리나는 어김없이 시슬란을 식사에 초대하였다. 시슬란 또한 별다른 대꾸 없이 그녀의 초대에 순순히 응했다.

두 사람의 식사 시간은 여전히 예전과 별다른 차이가 없었다. 카탈리나는 끊임없이 말을 걸었으며, 시슬란은 그녀의 말을 완전히 무시하고는 오로지 채소에만 손을 뻗었다.

하지만 달라진 것이 하나 있었다.

그것은 바로 야니카의 존재였다.

"……."

야니카는 말없이 카탈리나의 뒤에 시립하여 있었다. 그것은 백작가 기사단장으로서의 당연한 의무이기도 했다.

하지만 지금 야니카는 그 의무와 봉사의 시간을 분노로 불태우며 보내고 있었다. 바로 정면에 앉아서 생당근을 먹는 시슬란을 맹렬히 노려보면서.

"그랬더니 그때 한텔이……."

카탈리나는 무엇이 그리도 즐거운지 여러 화제로 이야기를 이어 가고 있었다. 반면 시슬란은 그녀가 앞에서 떠들건 말건 전혀 상관없다는 듯한 태도로 식사에만 열중하고 있었다.

그것은 마치 카탈리나가 벽을 앞에 두고서 혼자 수다를 떠는 듯한 광경이었다.

하지만 카탈리나는 개의치 않았다.

아니, 오히려 아삭거리면서 당근을 씹는 시슬란을 보며 혼자만의 망상을 펼치고 있었다.

'토, 토끼 같아……!'

화아악.

어쨌든 그렇게 당초 시슬란이 자신에게 관심을 갖도록 만들고 그를 휘두르려던 카탈리나의 의도는 서서히 희미해지고 있었다.

하지만 그게 마음에 안 드는 사람도 있었다.

으드득!

야니카의 이빨 사이에서 섬뜩한 소음이 작게 울렸다. 그녀는 자신의 주인을 무시하는 시슬란의 태도가 너무나 마음에 들지 않았다.

하지만 그렇다고 해서 그녀가 지금 분노를 표출할 수 있는 것도 아니었다. 주인인 카탈리나가 가만히 있는데 그녀가 화를 낼 수는 없는 노릇이었으니까.

그래서 더욱 울화가 치밀었다.

'저놈이…….'

말없이 시슬란을 노려보는 야니카의 시선에 날카로운 기색이 어리기 시작했다.

그것은 바로 살기였다.

"......."

시슬란 또한 그것을 느꼈다.

하지만 그는 전혀 내색하지 않고 소스에 버무린 당근을 입에 넣었다. 그에게는 익숙지 않은 이곳 세계의 소스가 이국적이면서도 청량한 향을 선사했다.

'하지만…….'

그의 시선이 잠시 야니카를 향했다.

자신을 씹어 먹을 듯 노려보는 야니카의 눈빛과 기세가 제법 부담스러웠다.

문득 지난밤, 우연히 복도에서 마주친 성의 시녀 질리안이 해준 말이 떠올랐다. 그녀는 야니카가 이 지방 최고의 검사이며, 동시에 로젠 백작가의 기둥이나 다름없는 장미 기사단의 단장이라고 했다.

당시 시슬란은 여인이 군대를 지휘한다는 것에 내심 경악했었다. 하지만 이어지는 질리안의 말을 듣자 이유를 알 수 있었다.

"그것은 이 가문의 전통이랍니다. 이곳 로젠 백작가
는 토르 왕국의 개국 공신께서 세우신 가문이에요. 장미
의 대마법사 칼리아 여백님과 그분의 호위 무사이셨던
여기사 이바노프 경이 바로 그 주인공들이셨죠. 그리고

그 두 분 여걸들께서는 카탈리나 여백님과 야니카 경의
선조이시기도 하답니다."

그러면서 그녀가 덧붙였었다.

그 전설적인 두 여인은 평생 아들이 없이 각기 딸 하나씩
만을 슬하에 두었는데, 결국 말년에 이르러 각자의 딸에게
자신들의 마법과 검술을 전수하여 후계로 삼았었다고 했
다. 그 선례로 말미암아 이후로는 두 가문의 여인들이 백작
가의 가주인 여백과 그를 보필하는 기사단장의 지위를 지
켜 왔다고도.

'흐음…….'

시슬란은 그 말을 떠올리며 아스파라거스를 입으로 가져
왔다. 그러는 도중에 야니카와 다시금 눈이 마주쳤다.

"……."

야니카의 눈에 서린 살기가 더욱 짙어졌다. 이미 그녀는
정면에 앉은 시슬란을 향해 모든 정신을 집중시키고 있었
다.

으드드득…….

동시에 야니카의 전신에서 무형의 기세가 일기 시작했
다. 하지만 그것을 민감하게 느끼는 이는 실내에서 시슬란
과 야니카, 두 사람뿐이었다. 야니카가 의도적으로 살기를

압축하고 정제하여 시슬란에게만 집중시켰기 때문이다.

살기의 집중.

그것은 중급을 넘어 상급에 다다른 익스퍼트급 검사들이나 사용이 가능한 고급의 기예였다. 그만큼 마나의 조절이 자유롭지 못하면 사용이 불가능한 기법이기 때문이다.

야니카의 눈빛에 사나운 웃음기가 배었다.

그녀는 시슬란을 똑바로 노려보며 속으로 거칠게 되뇌었다.

'후후훗, 과연 네가 버틸 수 있을까?'

그녀는 자신만만했다.

어지간한 중급 익스퍼트 검사라면 시골 영지에서는 최강자의 수준이다. 상급 정도만 되어도 한 지방 내에서 최고의 반열에 오를 수 있다.

하물며 야니카는 최상급 익스퍼트 검사로의 도약을 눈앞에 두고 있는 강자였다. 지금 당장 수도의 왕국 정규군 기사단에 들어가도 중간급 간부 자리를 노릴 수 있을 정도의 실력자라는 소리다.

그렇기에 그녀는 시슬란이 감히 자신의 응축된 살기를 받아 낼 수 없을 것이라 확신했다. 어지간한 사내라도 앉은 자리에서 오줌을 지릴 것이고, 그보다 못하다면 아예 거품을 물고 기절할 것이다.

그것이 야니카의 예상이었다.

야니카의 시선이 시슬란을 향했다.

'자아, 어서 쓰러져. 그리고 여백님께 잘못을 빌어!'

하지만 어쩐 일인지 시슬란에게서는 별다른 반응이 없었다. 그나마 있는 반응이라곤 살짝 눈썹을 찌푸린 것밖에는.

아아, 더 이상 내버려 두면 체할 것 같다. 이 바보짓을 멈춰야겠어.

스윽.

시슬란의 손이 움직였다. 가느다랗고 긴 그의 손가락이 춤추듯 나아가 집은 것은 신선한 당근이었다.

"……."

일순 시슬란의 주홍빛 눈동자가 야니카를 일별했다. 그의 붉은 입술이 우아하게 휘어지며 한 줄기 그림 같은 미소를 그려 냈다.

그리고 다음 순간.

아사삭.

시슬란이 말없이 당근을 베어 물었다. 그런데 그 작고 평범한 소리가 마치 예리한 칼날처럼 야니카의 살기에 서린 일말의 빈틈으로 파고들었다.

동시에 집중되었던 야니카의 살기가 먼지처럼 흩어졌다. 그것도 너무나 무력하고, 그만큼 자연스럽게.

'이건 대체……?'

가슴에 섬뜩한 기분이 치밀었다. 그녀가 경악으로 눈을
부릅떴다. 뒤늦게 방금 소리의 의미를 깨달은 것이었다.

'마, 말도 안 돼……!'

그녀는 대경실색한 얼굴로 서둘러 자신의 살기를 거두려
하였다.

하지만 이미 때는 늦어 있었다.

서걱!

무언가가 잘리는 소리가 천둥처럼 울렸다.

하지만 그 소리를 들은 이는 야니카 한 사람밖에 없었다.
그것은 바로 그녀 자신의 살기가 일도양단당하는 소리였
다.

움찔!

야니카의 몸이 한차례 떨렸다.

얼굴이 일그러졌다.

하지만 그녀는 이미 움직일 수 없는 처지였다.

'대, 대체 어떻게……?'

머릿속이 혼란스러웠다. 시슬란을 마주 보았다. 그의 주
홍빛 눈동자에는 아무런 감정이 담겨 있지 않았다. 그런데
그게 무서웠다. 숨도 쉬지 못할 정도로.

아사삭.

시슬란이 다시금 당근을 베어 물었다.

동시에 야니카의 몸이 다시금 흔들렸다. 시슬란이 내는 작은 소리에는 소리 이상의 무엇이 담겨 있는 것만 같았다. 그녀 자신이 내뿜었던 살기가 조각조각 잘려 나가고 있다는 것이 바로 그 증거였다.

살기는 고도로 집중된 기운의 한 형태이다. 기운은 사람의 심령에서 나온다. 그런 살기가 강제로 조각조각 해체당하자 충격은 야니카의 심령에 고스란히 전해졌다.

아사삭.

"크…… 쿨룩!"

마침내 참지 못한 야니카가 격한 기침을 토해 내며 자리에 털썩 주저앉았다.

그 서슬에 카탈리나가 깜짝 놀라 뒤를 돌아보았다.

"야, 야니카?"

"큭! 쿨룩! 킥!"

격한 기침 때문인지 야니카는 대답을 하지 못했다. 심령에 받은 충격으로 정신이 아득해졌다. 이마에는 이미 식은 땀이 흥건하였다. 안색도 파리하도록 창백했다.

카탈리나의 표정이 변했다.

"야니카…… 아픈 거야?"

"아, 아니…… 아닙니…… 크헙! 쿨룩!"

"꺄악! 피, 피잖아?"

입을 가린 야니카의 손가락 사이로 검붉은 피가 흐르고 있었다. 기침에 섞여 나온 피였다. 때문에 평화롭던 정오의 식사 시간이 졸지에 응급 상황으로 변모되고 말았다.

카탈리나는 하녀를 시켜 자신의 주치의 한텔을 불러오도록 명했다. 그러면서 급한 대로 냅킨으로 야니카의 입가에 묻은 피를 닦아 냈다.

"저, 저는 괜찮습니다."

황급히 말하며 다시 몸을 일으키려는 야니카였다. 하지만 카탈리나는 점잖게 그녀를 제지했다.

"안 돼. 분명 요 며칠 감찰 임무를 수행하느라 너무 무리해서 그런 걸 거야. 지금은 쉬는 게 좋겠어."

"저는 그 정도로 약하지 않습니다."

야니카가 입술을 질끈 깨물었다. 입술이 찢어졌다. 따끔한 고통이 아득해지던 정신을 돌아오게 했다. 비로소 방금 벌어졌던 과정이 이해되었다.

'내가…… 오히려 당했어?'

자신이 기세에서 밀렸다는 것을 깨달은 순간, 야니카의 눈빛이 변했다.

"크……으으읏!"

그녀는 언제 넘어졌나 싶게 벌떡 일어섰다. 그녀의 활활

타오르는 눈길은 시슬란을 노려보고 있었다.

"방금 무슨 수법을 쓴 거지? 혹시 사술인가?"

야니카의 묵직한 음성이 울렸다.

하나, 시슬란은 말없이 어깨를 으쓱거리기만 했다.

"아……."

그제야 카탈리나도 시슬란과 야니카 사이에 모종의 힘겨루기가 있었다는 것을 깨달았다.

동시에 카탈리나의 머릿속에 경보가 울렸다.

'야니카의 성격이라면 이럴 때…….'

그녀는 서둘러 야니카를 부르려 했다.

하지만 야니카의 입이 반 박자 먼저 열렸다.

"나 야니카 폰 에스트는, 이 자리에서, 기사로서의 명예를 걸고, 내 주인에게 무례를 범한 네놈에게, 정식으로, 결투를 신청한다."

마디마디를 뚝뚝 끊어 내뱉는 야니카의 음성이 울렸다.

기사의 결투, 그것도 명예를 걸어 버린 기사의 결투는 설령 군주라 하여도 함부로 막을 수 없는 법.

그 의미를 깨달은 카탈리나는 그만 눈을 질끈 감아 버렸다. 이어서 시슬란의 목소리가 들리자 그녀는 한없는 절망과 당혹을 느껴야만 했다.

"좋다."

카탈리나가 보기에 이상하게도 시슬란은 결투를 전혀 걱정하는 태도가 아니었다. 오히려 그는 태연하게 창밖 날씨를 살피고 있었다.

시슬란이 바라보는 곳, 그곳 지평선 상공에는 당장에라도 비를 뿌릴 것 같은 먹구름이 몰려오고 있었다.

2

자고로 왕족에게는 권위가, 귀족에게는 긍지가, 상인에게는 신용이 가장 중요한 법이며, 모든 가치 판단의 기준이 된다.

하지만 야니카와 같은 기사에게는 그들과는 다른 법칙과 절대적인 기준이 있었다.

그것은 바로 명예였다.

백작성의 기사단장인 야니카가 명예를 걸고서 손님에게 결투를 신청했다는 이야기는 금방 성 안팎으로 퍼져 나갔다. 이에 백작가의 많은 가신이 고하를 막론하고 결투를 참관하기 위해 모여들었다.

휘이이잉.

백작성의 훈련장에 때 아닌 살벌한 바람이 불었다. 바람은 약간의 흙먼지를 일으키며 훈련장 중앙에 마주 선 두 사람을 스쳐 지났다.

시슬란과 야니카였다.

"준비는 됐나?"

시슬란을 노려보며 야니카가 짓씹듯 말했다. 그런 그녀의 모습은 마치 털을 곤두세우고 있는 흑표범처럼 보였다.

사실 지금 그녀는 무척이나 분노한 상태였다. 자신의 주인에게 무례를 범한 것도 모자라 그녀에게도 사술을 쓴다 생각했기 때문이다.

"무기를 골라라."

후우우웅!

야니카의 무기가 공기를 폭풍처럼 유린하며 시슬란의 이마 위에 딱 멈추어 섰다. 그것은 사람의 키만큼이나 길고 거대한 한 자루 대검이었다.

"……"

시슬란은 무표정한 눈빛으로 야니카의 대검을 바라보았다. 아니, 정확하게는 대검 너머 푸른 하늘을 올려다보았다.

이곳 훈련장은 탁 트여 있었다. 한낮의 뙤약볕을 막아 줄 그 어떤 그림자도 없었다.

그 탓에 시슬란은 루나리언으로서의 능력을 전혀 사용할 수 없는 상태였다. 게다가 햇볕 아래에 있자니 온몸에 통증과 함께 현기증이 치밀었다. 그에게 있어 극도로 불리한 환경이었다.

"왜, 겁이 나나? 무기를 고를 자신이 없는 건가?"

야니카의 비웃음 담긴 목소리가 들려왔다.

하지만 시슬란은 동요하지 않았다. 대신 고개를 돌려 먼 남쪽 하늘을 바라봤을 뿐이었다. 그곳에는 어느새 하늘의 절반을 덮어 오고 있는 먹구름이 있었다. 하지만 그 먹구름이 이곳까지 당도하기에는 아직 시간이 필요해 보였다.

문득 그의 눈동자에 묘한 빛이 서렸다.

다음 순간, 그는 곧장 몸을 돌렸다. 그리고 구경꾼들이 모인 훈련장 한쪽을 향해 뚜벅뚜벅 걸어갔다.

"이, 이봐! 어딜 가는 거지?"

야니카가 불렀지만 시슬란은 걸음을 멈추지 않았다. 언뜻 보면 마치 대결이 두려워 도망치는 것처럼 보일 수도 있는 장면이었다. 그 모습에 구경하던 이들의 입가에 '그럼 그렇지.' 하는 미소가 걸렸다.

하지만 시슬란은 괘념치 않고 카탈리나의 정면에 섰다.

마침 초조하게 결투를 지켜보던 카탈리나가 기다렸다는 듯 말했다.

"당신, 정말 야니카와 겨룰 생각이세요? 당장 그만둬요. 야니카는 정말로 강해요. 설령 대결을 피하더라도 당신을 탓할 사람이 없을 만큼."

"……"

"자존심도 내세울 때가 따로 있는 법이라고요."

"그런가?"

피식.

시슬란은 그만 싱겁게 웃어 버렸다.

"잠깐 빌렸으면 하는 물건이 있는데."

"네?"

"잠시 실례."

"아……?"

시슬란의 어깨가 살짝 흔들린다 싶은 순간, 카탈리나는 자신의 한쪽 손을 스치고 지나는 미풍을 느꼈다.

이내 시슬란은 다시 야니카를 향해 돌아섰다.

그리고 당당히 말했다.

"내 무기는 이것으로 하지."

모두의 시선이 그가 내민 손을 향해 집중되었다. 그런데 시슬란의 손에는 그 누구도 생각지 못했던 물건이 들려 있었다.

"아……"

카탈리나는 사색이 되고 말았다.

시슬란이 야니카를 향해 자신 있게 내민 물건, 그것은 방금 전까지 그녀 자신이 손에 들고 있던 앙증맞은 여성용 실크 양산이었으니까.

그걸 본 사람들이 서로 숙덕거리며 웃음을 지었다.

대검에 맞서는 무기로 레이디가 쓰는 양산이라. 그들의 눈은 놀라움과 함께 신선한 즐거움으로 물들어 있었다. 시슬란의 행동을 장난 서린 유머 정도로 받아들인 것이다.

"……."

시슬란은 말없이 자리를 잡고 야니카를 마주했다. 하지만 그는 아무런 자세도 취하지 않았다. 그저 양산을 펴서 따가운 햇볕으로부터 몸을 가렸을 뿐이었다.

그리고는 말했다.

"시작은 그쪽에서."

비로소 야니카는 시슬란으로 인해 뚜껑이 열릴 듯한 분노를 느꼈다.

"이놈이……."

그녀의 눈은 이미 노기로 번들거리고 있었다. 자신의 대검에 맞서서 들고 온 것이 고작 양산이라니. 농담도 이런 농담이 없었고, 모욕도 이런 모욕이 따로 없었다.

까드득!

그녀는 이를 갈며 결심했다.

'원래는 혼찌검과 함께 약간의 굴욕감만 선사해 줄 생각이었다만…… 오늘 네놈의 사지 중 하나 정도는 내가 가져가야겠다. 원망하려면 건방졌던 네놈의 태도를 탓해라.'

그와 함께 야니카의 손아귀에 막강한 힘이 들어갔다. 사람의 키보다도 길고 한 뼘 이상 되는 폭의 검신을 지닌 거대한 양손 대검이 그녀의 머리 위로 들렸다.

그러자 구경하던 사람들의 긴장감이 높아졌다.

사람들은 그녀가 취한 자세의 의미를 잘 알고 있었다. 또한, 그들은 변경의 전쟁터에서 수많은 피의 수라장을 헤쳐 나오며 야니카가 얻은 별명이 무엇인지를 잘 알았다.

단칼의 야니카.

이름 그대로 그녀는 한 명을 상대로 절대 두 번의 칼질을 하지 않았다. 단칼, 그녀의 첫 일격을 받아 낸 이가 여태껏 손에 꼽을 정도밖에 되지 않았기 때문이다. 그만큼 지금 그녀가 취한 상단의 자세는 오늘날 단칼의 야니카를 있게 한 원동력이기도 했다.

야니카가 짧고 스산하게 뱉었다.

"각오해."

"……."

시슬란 또한 그녀의 자세에서 나오는 기세를 분명히 느

겼다. 하지만 그는 긴장하지 않았다. 아니, 오히려 전신의 힘을 빼고 팔을 늘어뜨렸다. 그러자 무릎과 어깨, 허리도 자연스럽게 이완되었다.

다시금 바람이 불었다.

훈련장의 모래가 바람의 결에 쓸려 난폭하게 몸을 일으켰다. 그 작은 폭풍이 두 사람 사이의 공간을 헤집으며 두 사람의 머리칼을 흐트러뜨려 놓았다.

그렇게 흐트러진 머리칼 한 가닥이 시슬란의 눈동자를 잠시나마 가리며 지나가는 찰나의 순간, 야니카가 먼저 움직였다.

"끼야아아악—!"

소름 끼치는 기합. 스치듯 지면을 밟고서 재빠르고 강력하게 디딘 걸음.

발목과 종아리, 무릎과 허벅지, 엉덩이와 허리를 거친 힘은 야니카의 아랫배에서 뿜어져 나온 마나와 섞여 강력한 노도의 흐름을 이루었다.

이내 그 흐름은 야니카의 척추와 등, 가슴과 어깨 근육을 타고 쏟아지듯 몰아쳐 두 팔을 움직이게 하였다.

그 순간 그녀의 대검이 만근 거력의 힘을 싣고 아래로 재빠르게 공간을 갈랐다. 깔끔하고도 단순한, 그래서 가장 막기 어려운 내려치기였다.

화와아아악—!

돌연 검이 푸르게 물들었다. 가공할 마나가 깃들어 생성된 오러였다. 검이 완전히 채 떨어져 내려오지도 않았는데 거센 압력이 먼저 몰아쳐 오며 피부를 저릿하게 만들었다.

그 찰나의 순간, 시슬란의 주홍빛 눈동자에 짧은 광채가 일었다. 동시에 그의 양산이 회전하며 움직였다.

펄럭!

하나, 양산이 움직인 방향은 검의 경로와는 완전히 동떨어진 곳이었다. 순간 야니카의 입가에 득의의 웃음이 스쳤다. 놀란 시슬란이 허둥거린 것이라 여겼기 때문이다.

하지만 그것은 그녀의 오산이었다.

야니카의 대검이 양산이 드리운 그림자를 통과하는 순간이었다.

채앵—!

"……!"

돌연 알 수 없는 충격이 그녀의 대검 옆면을 후려쳤다. 그녀의 검이 흔들렸다. 시슬란은 그 틈에 걸음을 옮겨 유유히 공세를 피해 냈다.

"이, 이익!"

야니카가 흐트러진 검을 추슬렀다.

사람들의 입이 딱 벌어졌다. 어떻게 된 것인지는 모르겠지만 단칼의 야니카가 일격에 상대를 어찌하지 못하였다. 이것은 충분히 놀랄 만한 일이었다.

하지만 진정 놀라운 일은 다음에 연달아 일어났다.

"이야압!"

야니카의 호된 기합과 함께 폭풍 같은 검격이 연이어 뿌려졌다. 그 앞에 양산을 들고 있는 시슬란은 당장에라도 두 쪽이 날 것처럼 위태롭게 보였다.

하지만 그의 양산이 검과는 무관한 엉뚱한 방향으로 움직인 순간.

펄럭!

챙! 챙강—!

야니카의 육중한 대검은 여지없이 튕겨 나갔다.

그녀의 눈이 휘둥그레졌다.

"대, 대체……?"

도저히 이해할 수가 없었다. 그녀로서는 자신의 검이 튕겨 난 이유가 시슬란이 양산 그림자 속에서 일으킨 조화 때문이라는 것을 알지도 못했다.

그때였다.

시슬란이 흘깃 하늘을 올려다보았다. 그가 웃었다. 그리고 뜻 모를 말을 내뱉었다.

"드디어, 왔군."

그 순간.

콰르릉—!

하늘에서 뇌성벽력이 울렸다. 동시에 남쪽에서부터 달려
온 먹장구름이 마침내 해를 가렸다. 굵은 소나기가 쏟아져
내렸다.

쏴아아아—!

순식간에 사위가 어두워졌다. 야니카의 온몸이 금방 흠
뻑 젖었다. 그녀는 눈가로 흐르는 물기를 닦아 내며 정신을
다잡았다.

방금까지 내리쬐던 햇볕이 거짓말처럼 느껴졌다. 그리
고…… 지금껏 유유자적 양산을 들고 있던 시슬란의 기세
도 거짓말처럼 바뀌었다.

슈오오오…….

햇볕이 사라진 직후부터 시슬란의 주위에는 알 수 없는
기세가 피어오르기 시작했다. 바로 정면에서 그를 마주한
야니카는 그것을 똑똑히 느꼈다. 또한, 쏟아지는 소나기 속
에서 시슬란의 몸이 전혀 젖지 않았음도.

꿀꺽.

야니카는 저도 모르게 마른침을 삼켰다. 부지불식간에
손아귀에 힘이 들어갔다. 그녀는 깨달았다. 이번 일격으로
승부가 갈리게 될 것임을.

스으윽.

옆으로 두어 걸음을 내디디며 거리를 재던 야니카가 마침내 결단을 내렸다.

"끼야아악!"

그녀는 온 힘을 다해 돌진하여 검을 내리쳤다.

그 순간 시슬란의 양산이 떨어지는 대검의 옆면을 향해 움직였다.

살랑.

양산이 대검에 닿았다. 그것은 가벼운 힘이었다. 깃털 하나 정도밖에 안 되는, 한없이 부드럽고 미약한 저항이기도 하였다.

하지만 그 미약한 무게가 모든 것을 바꾸었다.

가득 찬 잔에 떨어진 마지막 한 방울의 물처럼, 산사태를 결정짓는 마지막 눈송이의 추락처럼 시슬란이 내뻗은 양산은 야니카가 내리치는 대검 속에 담긴 힘의 흐름을 미세하게 돌려놓았다.

그 흐름의 변주가 치명적인 결과를 불러왔다.

와지직!

말 그대로 갑자기, 야니카의 한쪽 팔꿈치에서 불길한 소리가 울렸다. 뼈에 금이 가는 소리였다.

"……!"

야니카의 표정이 일그러졌다. 어떻게 한 것인지는 몰라도 시슬란이 양산을 검 옆면에 대자마자 검의 경로가 미세하게 뒤틀어지고 있었다.

그런데 그 방향과 각도가 문제였다. 그 미세한 움직임의 뒤틀림. 그 작은 차이가 지금 야니카의 팔 근육과 관절에 심각한 과부하를 선사하고 있었으니까.

그녀는 선택의 갈림길에 섰다. 검을 멈추고 뒤로 물러설 것인가, 아니면 이대로 밀어붙여 시슬란의 몸을 쪼개 버릴 것인가.

"크윽!"

야니카의 선택은 지극히 그녀다웠다.

으득!

이를 질끈 깨물며 검을 밀어붙였다. 그럴수록 팔꿈치와 어깨 관절에 가해지는 부하가 심해졌다. 아득한 고통이 밀려왔다.

그 짧은 시간, 그녀는 시슬란과 눈이 마주쳤다.

야니카의 눈이 휘둥그레졌다.

동시에 섬뜩한 기분이 들었다.

시슬란의 주홍빛 눈동자는 너무나 차갑고 냉정했다. 동시에 한없이 고요하면서도 침착했다. 하지만 그 속에는 그녀가 일찍이 경험한 적이 없는 폭풍이 몰아치고 있었다.

"······."

비로소 그녀는 알 수 있었다. 지금 시슬란이 진심이라는
것을. 애초에 양산을 들었던 것도 장난이나 희롱을 위한 것
이 아니었음을.

이해할 수 없는 절망감이 몰려왔다.

'빌어······먹을!'

다음 순간, 귀청을 먹먹하게 만드는 이명이 그녀의 청각
을 지배했다. 이내 시야 속에서 세상이 뒤집혔다.

4장.

스카나 족의 침략

1

어느새 소나기가 그쳤다.

휘이이잉.

한차례 젖은 바람이 훈련장을 휩쓸고 지나갔다.

훈련장은 조용했다. 숨이 막힐 듯한 침묵이 진하게 내려
앉아 있었다.

그렇다고 이곳에 사람이 없는 것은 아니었다.

상황은 반대였다.

제법 많은 사람이 훈련장 둘레에 모여 있었다. 이 성의 성
주인 카탈리나를 비롯해 가신들, 기사단의 기사들과 수련
기사들, 그 종자까지. 그 숫자는 거의 이백 명에 달했다.

하지만 그들 중에 누구 하나 함부로 말을 꺼내지 못했다. 멍하니 입은 벌리고 있었으되, 그 입술 밖으로 말소리를 꺼낸 이는 아무도 없었다.

모든 이들의 눈동자에는 경악과 불신과 놀람이 적절하게 뒤섞여 있었다.

그들이 바라보는 지점은 단 한 곳이었다.

"크으윽······."

야니카가 젖은 훈련장 바닥에서 꿈틀거렸다. 그녀의 한쪽 팔꿈치는 거꾸로 꺾여 있었다. 관절이 부러진 탓이었다.

사람들은 이 상황을 믿을 수가 없었다.

로젠 백작령, 더 나아가 토르 왕국 서부 변경의 최강자 중 하나로 꼽히던 이가 바로 야니카였다.

그런데 살아생전에 그녀가 처참하게 나뒹구는 모습을 보게 될 줄이야.

그것이 모든 사람의 공통적인 생각이었다.

그러한 생각이 떠오른 직후, 사람들의 눈동자가 일제히 야니카 곁에 담담히 선 사내에게로 돌아갔다. 단련된 야니카에 비하자면 그야말로 미끈하게만 보이는 흑발의 미청년이었다.

"······."

시슬란의 주홍빛 눈동자가 사람들을 향했다. 순간 그와

눈을 마주친 모든 이들이 차례대로 어깨를 움찔거렸다. 개중에는 부지불식간에 딸꾹질을 한 이도 있었다. 하나, 그들은 스스로의 행동을 자각하지도 못하였다.

저벅저벅.

수많은 시선을 헤치고 시슬란이 걸었다. 그가 향하는 곳에는 카탈리나가 있었다.

그녀는 자신을 향해 한 발, 한 발 다가오는 시슬란을 보며 드레스 자락을 꼭 그러쥐었다. 그 손바닥에는 어느새 땀이 배어 있었다.

"여기."

시슬란이 하늘하늘한 실크 양산을 내밀었다. 방금 왕국 서부 변경 최강의 검을 꺾어 버린 무기치고는 너무나도 연약해 보이는 물건이었다.

카탈리나는 얼결에 양산을 돌려받았다.

"어서 저 여자를 치료하도록 해. 반응이 생각보다 무식해서 많이 다쳐 버렸어."

카탈리나는 그 말을 할 때의 시슬란의 표정을 확실히 볼 수 있었다. 무표정으로 자신을 감춘 그는, 실은 미안해하고 있었다.

하지만 그는 카탈리나가 자신의 감정을 엿보는 것을 허락하지 않았다. 마치 따분한 산책을 즐기다가 돌아서는 사람처럼 훈련장을 떠났다.

그가 사라지고서야 곳곳에서 수군거림이 삼삼오오 피어났다.

"이, 이봐, 저 사람 대체 누구지?"

"그러……게."

"방금 여백님께 말하는 태도 봤어?"

"쉿, 조용히들 하게. 들리겠네."

"……."

양산을 쥐고 있던 카탈리나는 뒤늦게 제정신을 차렸다. 정확히는 멍해진 상태에서 벗어났다.

그녀는 다급히 좌우를 둘러보며 말했다.

"다들 뭣들 하고 있는 거지? 어서 야니카에게 응급처치를. 그리고 한텔 씨와 치료사들을 데리고 오도록. 어서, 서둘러."

그제야 사람들은 화들짝 놀라 일부는 야니카를 향해, 일부는 백작성의 주치의와 치료사를 부르기 위해 달려갔다.

*　　　*　　　*

그 후로도 시슬란의 생활은 변함이 없었다.

그는 여전히 백작성에 머물렀다. 결투에서 야니카가 뜻하지 않은 부상을 입기는 했지만 그걸 탓하거나 책망하는 사람은 아무도 없었다. 정당한 승부 끝에 난 결과였기 때문이다.

오히려 카탈리나는 이번 일로 시슬란이 백작가를 떠나게 될 것을 염려했다. 시슬란이 떠날 거라 생각하면 이상하게도 자꾸만 한숨이 나왔다. 그리고 그의 모습을 떠올릴 때마다 그녀 스스로도 모르는 사이 볼이 붉어지곤 했다.

하지만 시슬란은 곧 백작가를 떠날 생각을 품고 있었다. 때문에 이 무렵부터 백작가의 도서관을 드나들기 시작했다.

사실 언젠가는 고향으로 돌아갈 단서를 찾기 위해 이곳을 떠나게 될 것임을 그 스스로도 잘 알았다.

시슬란은 그에 대한 대비의 필요성을 느꼈다. 그 때문에 도서관에서 이곳 솔라리스 대륙의 역사와 문화, 지리 등 여행에 도움이 될 만한 지식들을 두루 섭렵했다.

물론 솔라리스의 문자 체계는 루나티카와 많이 달랐다. 하지만 쓰는 언어는 거의 같았으므로 이곳의 솔(Sol) 문자를 새로 익히는 데에 별로 큰 노력이 들진 않았다.

그렇게 시일이 흐르는 사이, 시슬란은 백작성 내에서 점점 유명 인사가 되어 갔다.

그를 만나 보기 위해 도서관을 찾는 이들이 날이 갈수록 늘어났다. 그중에는 백작가의 원로들도 있었다.

"흘흘······. 그쪽이 시슬란이라는 청년이오?"

"······."

"반갑소. 나는 레미온이라 하오. 이 늙은이로 말할 것 같으면, 로젠 백작가에서 가장 오랜 세월을 살아온 사람이라 할 수 있지. 그런데 이 늙은이가 근래에 좋은 소식을 들었소. 우리 어린 여백님과 종종 만나고 있다고 했지요? 흘흘."

원로들은 종종 그런 식으로 찾아와 시슬란을 관찰하고는 했다. 그리고는 자신들끼리 무언가를 숙덕이며 흡족한 웃음을 지었다.

그렇게 평화로운 날이 얼마간 이어졌다.

한편, 결투에서 패배한 야니카는 그날의 부상 때문에 팔을 단단히 동여맨 신세가 되고 말았다. 관절이 통째로 부러진 중상이라 신관의 치료 마법도 완벽하게 듣지는 않았다. 그 탓에 그녀는 검술 훈련을 비롯한 대부분의 군사적 활동을 수행하지 못하는 처지가 되었다.

그런 소문은 금방 인근으로 퍼졌다.

인근의 일곱 개 남작령, 두 개의 자작령을 포함한 드넓은 백작령의 공식적인 최강자였던 야니카였다. 그런 그녀가 크게 다쳤는데 그게 소문이 나지 않을 리 없었다.

소문은 일정한 방향 없이 사방으로 퍼졌다. 마치 마른 들판에 불이 번지는 것과 비슷한 형상이었다.

그 끝에 이르러 마침내 소문의 불길은 로젠 백작령 바깥으로도 흘러나갔다. 그리고 곧 서쪽 국경 밖의 거친 불청객을 끌어들이게 되기에 이르렀다.

2

"그게 사실이냐?"

"예, 그렇습니다."

"흐음……."

스카나 족의 대족장 붉은 수염 바라카는 자신을 상징하는 풍성한 턱수염을 쓰다듬었다. 고민에 빠질 때마다 나오는 그의 습관이었다.

그 태도에 소문을 전한 전령이 몸을 한차례 떨었다.

바라카가 애꾸눈을 일그러뜨리며 되물었다.

"그래, 눈엣가시 같던 야니카 그년이 부상으로 팔을 못쓰게 되었다고? 그것도, 정체도 모를 애송이에게 당해서?"

"그, 그렇습니다."

"그걸 나더러 믿으란 말이냐?"

"……예?"

그 순간이었다.

뻐어억!

바라카의 거대한 발이 쏜살같이 날아와 전령의 안면을 정면에서 거칠게 걷어차 버렸다.

"크으업!"

전령은 비명과 함께 장막 구석까지 데굴데굴 굴러갔다. 하지만 그는 곧바로 정신을 차리고는 원래 위치인 바라카 앞으로 기어와 무릎을 꿇고 앉았다.

부들부들…….

전령의 어깨가 절로 떨렸다.

방금 일격에 의해 코가 부러지고 이가 넉 대나 나갔다. 게다가 광대뼈도 내려앉은 것 같았다. 전령의 얼굴이 금방 퉁퉁 부어올랐다.

하지만 그는 고통을 내색하지 못했다. 대족장이 주는 공포는 그 정도로 대단했다.

바라카가 물었다.

"아픈가?"

"아, 아닙니다."

"그래그래, 좋아. 그런데 아까 네놈이 말한 소문 말이다, 그게 정말로 사실이렷다?"

전령은 필사적으로 고개를 끄덕였다.

"예예, 맞습니다! 소문을 들은 뒤에 일부러 직접 가서 제 두 눈으로 똑똑히 확인까지 했습니다! 믿어 주십시오!"

"흠……."

바라카의 번들거리는 외날 눈빛이 전령을 살폈다. 전령이 저도 모르게 어깨를 움츠렸다.

그때였다.

쉬악!

바라카의 어깨가 움직인다 싶은 순간, 그의 허리에서 은빛 섬광이 뿌려지듯 솟아 나와 전령의 목을 스쳤다.

푸화악!

단숨에 목이 잘린 전령의 머리가 바닥을 굴렀다.

하지만 바라카는 죽은 전령에게는 일말의 아쉬움도 없이 자신이 뽑은 검을 바라보며 감탄했다.

"크흐……. 이거 진짜 물건이로구먼! 크하핫!"

그가 든 검은 다른 것들과는 달리 검신이 반월 모양으로 미묘하게 휘어져 있었다. 또한, 그 모양도 여타의 다른 검과는 판이하였다. 게다가 방금 보인 것과 같이 베지 못하는 물건이 거의 없으니, 가히 명검이라 할 수 있었다.

바라카가 몸을 일으켰다.

지금껏 그의 부족은 기를 제대로 펴고 지낸 적이 한 번도 없었다. 모두가 강성한 로젠 백작가 때문이었다.

하지만 최근에는 사정이 조금 달라졌다. 강력한 마법사였던 전대 여백이 돌연 병으로 요절하고, 아직 솜털도 가시지 않은 어린 애송이 마법사가 그 뒤를 이었기 때문이다.

덕분에 매년 가을이면 출정해 스카나 족의 기를 꺾어 놓던 백작가의 토벌군도 올해는 움직이지 않았다.

바라카의 입가에 득의의 미소가 피었다.

'그래, 어차피 조만간 한 번쯤 결판을 내려던 참이다. 평소에 말 안 듣던 중소 족장들을 미리 구슬려 놓길 잘했군. 지금이 기회야. 아직 영글지 않은 마법사 여백에 그나마 위협이 되던 야니카마저도 힘을 쓰지 못하는 지금이 아니면 언제가 기회일까. 물론 그 야니카를 꺾은 놈이 마음에 걸리긴 하지만, 어차피 백작가의 사람도 아니니 감히 전쟁에 끼어들지는 않을 터. 크흐흐!'

그는 확신했다.

복잡하게 따질 것 없다.

이제는 전쟁의 시간이다.

그는 장막을 나서며 호기롭게 외쳤다.

"이 빌어먹을 잡것들아! 족장들을 집합시켜! 전쟁이다!"

*　　　　*　　　　*

며칠 후, 카탈리나는 응접실에서 시슬란과 마주 앉아 있었다. 그런데 이날의 만남은 다른 때와 조금은 달랐다. 카탈리나가 초청을 하던 평소와는 달리 시슬란이 먼저 만남을 요청해 왔기 때문이다.

"그래요, 무슨 일이죠?"

찻잔에서 모락모락 피어오르는 향기 사이로 카탈리나의 볼에 홍조가 피었다. 그런데 그녀는 스스로의 변화를 전혀 깨닫지 못하고 있었다.

하나, 시슬란은 용건만을 간단히 꺼냈다.

"그동안 고마웠다는 말과 이만 이곳을 떠나……."

그때였다.

"급보입니다!"

벌컥!

기사 하나가 방으로 뛰어 들어왔다.

그 서슬에 찻잔으로 손을 가져가려던 카탈리나는 깜짝 놀라고 말았다.

"어, 어맛!"

놀란 나머지 자신도 모르게 만세를 불렀다.

문제는 그 손끝에 찻잔이 들려 있었다는 점이다.

촤악!

따끈한 김을 피워 올리던 찻물이 시슬란의 얼굴에 뿌려졌다.

"어머머, 죄송해요. 이게 정말로 대체……."

카탈리나는 시슬란에게 사죄하랴, 무례하게 문을 벌컥 열고 들어온 기사를 째려보랴 혼란스러운 순간을 맞이했다. 그러다가 그만 입을 다물고 동작을 멈추어야 했다.

그녀가 저도 모르게 중얼거렸다.

"이게 무슨……."

기사는 이마에서 피를 흘리고 있었다. 게다가 온몸이 흙먼지투성이였다. 마치 전쟁터에서 험악한 싸움을 치르고 온 사람 같았다.

기사가 울부짖듯 외쳤다.

"보고드립니다! 스카나 족이 움직이기 시작했습니다. 그들은 서부 국경을 넘어 영지를 향해 빠르게 진격해 오고 있으며, 이미 서쪽 끝의 봉토 해밀턴 남작령이 무너졌습니다."

"뭐, 뭐라고……?"

처음엔 보고 내용을 곧바로 이해하지 못했다. 하지만 그것도 잠시, 카탈리나의 안색이 차츰 창백해졌다.

스카나 족이라면 백작령의 서쪽 경계 바깥에서 활동하는 야만족이다. 그들의 역사는 백작령의 세월만큼이나 오래되었다. 애초부터 스카나 족의 침공에 대비해 토르 왕국의 서

방을 지킬 목적으로 세워진 영지가 바로 이곳 로젠 백작령이었기 때문이다.

즉, 카탈리나의 선조들은 대대로 스카나 족과 투쟁하며 영지를 지켜 왔다. 물론 그녀도 그러할 것이다. 아니, 그래야 할 것이다.

그녀는 입술을 잘근잘근 깨물며 되물었다.

"지금 그들의 위치는?"

"이미 이틀 전에 해밀턴을 함락시키고 진군을 시작했으니 아마 지금쯤은……."

"뭐……?"

카탈리나의 얼굴에서 핏기가 빠졌다.

지금까지 스카나 족의 침략은 많았지만 그 대부분은 외곽의 작은 영지에 딸린 마을을 급습하고 후퇴하는 것이 일반적이었다. 그들의 목적이 점령이 아닌 약탈인 까닭이었다. 그 때문에 야만족의 구성도 소규모인 경우가 많았다.

그런데 남작령을 일거에 무너뜨릴 정도라니.

질끈.

그녀는 입술을 깨물어 간신히 정신을 다잡고는 명령을 내렸다.

"모든 가신들을 회의장으로 소집해야겠어. 그리고 봉신들에게는 전령을 보내도록 해줘. 지금 즉시!"

"알겠습니다."

카탈리나는 사색이 되어 기사를 대동하고 밖으로 나섰다. 응접실에는 찻물에 푹 젖은 시슬란만이 홀로 남게 되었다.

"……뜨거워……."

하지만 그의 투덜거림을 들어줄 사람은 아무도 없었다.

그리고 곧 백작가에 전운이 감돌기 시작했다.

3

대책 회의는 길게 이어졌다. 백작가의 가신과 원로들은 대부분 스카나 족의 이번 발호가 영지의 외곽에만 영향을 미칠 것이라 보았다. 그래서 대규모의 토벌군 파견을 주장했다.

반면 카탈리나는 그들의 의견에 회의적이었다. 어쩌면 스카나 족이 노리는 것이 생각 외로 이곳 백작성일지도 모른다는 생각이 문득문득 들었다.

하지만 원로들과 가신들은 고집을 접지 않았다. 아직 카탈리나의 연배가 어리고 경험이 적다는 점이 그들의 주장에 힘을 실었다.

"어쩔 수 없죠."

결국 카탈리나는 그 한마디와 함께 원로 가신들과 이견을 조율해야 했다.

곧 토벌대가 조직되었다.

지휘봉은 부상이 회복되지 못한 야니카 대신 기사단 부단 장에게 맡겨졌다. 그의 지휘하에 총 2,800의 병력이 보무도 당당히 백작성을 출발했다. 그나마 카탈리나의 의견이 반영 되어 원로 가신들이 고집했던 것보다는 조금이나마 축소된 규모의 병력이 파견되었다.

"……."

시슬란은 그 모든 과정을 묵묵히 지켜보았다.

어디까지나 외부인인 그는 백작가의 일에 일절 끼어들지 않았다. 앞으로도 그럴 생각이 없었다. 그는 마지막으로 앞 으로의 여행 계획을 점검하기 위해 도서관으로 걸음을 돌렸 다.

낡은 책장이 넘어가고, 시슬란의 눈동자가 바삐 움직였 다. 이 모든 책을 여행길에 가져갈 수는 없는 노릇이었다. 그렇기에 떠나기 전에 최대한 많이 이 세계의 정보와 지식 을 알아 두어야 했다.

책에 대한 그의 집중은 차츰 깊이를 더해 갔다. 누군가가 옆에서 고함을 질러도 깨닫지 못할 정도로.

그 때문이었을까.

해가 기울었다.

도서관의 사서도 어디 갔는지 그를 챙기지 못했다.

시간이 계속 흘렀다.

그것은 사실상 방치된 것과 다름이 없는 상태였다.

그 탓에 그가 다시 고개를 들었을 땐 무려 이틀의 시간이
지나 있었다.

"……."

앞에 쌓아 놓았던 모든 책을 읽고서야 시슬란은 고개를
들었다. 순간 눈앞이 아찔했다. 장시간 지나치게 몰입하여
책을 읽었더니 쌓였던 피로가 한꺼번에 몰려왔다.

비로소 주변을 살폈다.

기울어 가는 햇살이 오후임을 알려 주고 있었다.

그때였다.

쿠우우웅—!

멀리, 어딘가에서 육중한 충돌음이 달려왔다. 무언가 묵
직한 것이 단단한 물체를 세게 때리는 소리 같았다.

그런데 시슬란은 자신이 어디선가 이 소리를 들어 본 적
이 있는 것 같다고 느꼈다. 그게 어디였을까. 잠시 고민했
다.

기억의 답은 금방 돌아왔다.

'연공실…… 그리고 충차.'

루나티카에서의 마지막 밤, 반란 도배들이 자신의 연공실 문을 두드리던 소리를 기억한다. 육중한 충차가 무도하게 달려와 황가의 고귀한 존엄을 함부로 짓밟으려던 순간을 똑똑히 기억한다.

그의 한쪽 눈썹이 살짝 찌푸려졌다.

'설마?'

자리를 털고 일어나 도서관을 나섰다. 따가운 오후의 햇살이 시야를 자극했다.

그는 본성을 향해 걸었다.

그런데 차츰 길 좌우로 많은 사람이 누워 있는 것이 보였다.

"으으으……."

"크허어억! 허커컥……!"

"사, 살려…… 줘요……. 크흐윽! 제발……."

백작가의 병사로 보이는 그들은 하나같이 피를 흘리고 있었다. 중상자들만도 족히 백 명은 넘는 것 같았다. 수도사들이 창백한 안색으로 부상자들 사이를 바삐 움직이고 있었다.

시슬란은 그들 곁을 지나쳐 본성으로 들어갔다. 그곳에서는 또 다른 참상이 드러났다.

"……."

그의 시선이 복도를 훑었다.

벽에 걸려 있던 명화는 바닥에 떨어져 짓밟혀 있었고, 카펫 또한 흙 묻은 발자국에 점령당해 있었다. 그 발자국 중의 일부에는 흥건한 핏자국이 묻어 있기도 했다.

대체 그사이에 무슨 일이 일어난 것일까.

그 순간, 성 바깥에서 의외의 소리가 들려왔다.

"와아아아아―!"

그것은 함성이었다. 고작 몇 명의 것이 아닌, 수백, 수천의 인간이 한꺼번에 내지르는 함성이었다. 그 함성 속에서 무수한 전의와 살기가 똑똑히 느껴졌다.

시슬란의 표정이 더욱 굳었다.

그는 어떤 곳에서 이런 종류의 함성이 울리는지 아주 잘 알고 있었다.

시슬란은 복도를 따라 걸었다. 그때 또 한 무리의 하인과 하녀들이 다급한 얼굴로 맞은편에서 뛰어왔다.

그중에는 주근깨의 하녀, 질리안도 있었다.

"아? 시슬란 님?"

질리안이 깜짝 놀라 멈춰 섰다. 그녀는 온통 흐트러진 머리칼을 정리할 틈도 없이 급히 말했다.

"이곳에 있으시면 위험해요!"

"무슨 일이지?"

"스카나, 스카나 족이……."

그때였다.

"여자들은 다들 안으로 피해라! 남자들은 남아서 부피가 큰 집기를 꺼내라! 서둘러! 놈들이 밀어닥치기 전에 복도를 막아야 한다!"

갑옷 입은 기사가 소리 지르며 나타났다. 그의 갑옷은 온통 도검에 긁힌 자국으로 가득했다. 게다가 곳곳에 피가 엉겨 붙어 있었다.

시슬란은 기사의 어깨를 돌려세웠다.

"혹시 성이 침공을 받고 있나?"

"……대, 댁은?"

"어서! 사실이라면 시간이 없을 텐데."

기사는 난데없는 시슬란의 등장에 당황했다. 그도 시슬란을 잘 알고 있었다. 그럴 수밖에 없었다. 자신의 단장인 단칼의 야니카를 결투로 꺾어 버린 인물을 어찌 모를 수가 있겠는가.

기사는 당황한 와중에도 급히 답했다.

"마, 맞소. 스카나 족이 성을 치고 있소. 놈들은 토벌대가 떠난 틈을 타서 이곳을 급습했소이다. 처음부터 그걸 노렸던 것이 분명하오. 어쨌건 이미 외성은 무너졌고 내성도 금방일 거요. 지금 내성 성문 앞에 놈들이 가득하니 얼마 버틸 수가 없소."

거기까지 말한 기사는 시슬란에게 인사도 하는 둥 마는 둥 서둘러 다른 곳으로 뛰어갔다. 그리고 그곳의 하인들을 불러 모아 여러 지시를 내렸다.

"······."

시슬란은 내성 성문이 있는 곳으로 향했다.

그곳까지의 거리는 불과 삼백여 미터.

그곳을 향해 걷는 사이에도 상처 입은 무수한 병사들이 피를 흘리며 정면에서 나타났다. 그리고 동료의 등에 업혀 시슬란의 곁을 스쳐 지나갔다.

성문에 가까워질수록 악다구니와 흥분, 살기가 그대로 피부에 전해져 왔다. 귓가를 때리는 함성 또한 점점 크기를 더해 갔다.

그중에는 시슬란에게 무척이나 익숙한 소음도 있었다.

투드드드드······!

육중한 공성 병기가 달리며 내뱉는 굉음.

그 소리를 듣는 순간, 시슬란의 한쪽 입술이 미묘하게 휘어졌다. 문득 루나티카에서의 마지막 반란의 밤, 충차가 연공실을 때리던 그날이 떠오른 것이다.

다음 순간, 충차가 내성 성문을 거세게 때렸다.

시슬란은 곧장 걸음을 옮겼다.

내성 성문을 향해 걷는 그의 전신에서는 어느새 시커먼 무형의 기세가 줄기줄기 피어오르고 있었다.

4

콰아아아앙—!

내성 성문이 통째로 휘청거렸다.

그 안쪽에 줄을 짓고 서서 적의 돌입에 대비하는 기사와 병사들의 눈빛에 비장함이 감돌았다.

반면 성문 밖에서 충차를 밀어붙이고 있는 스카나 족 전사들의 얼굴에는 잔학한 미소가 피어올라 있었다. 이 성을 깨뜨리고 나면 학살과 약탈, 겁간을 마음껏 즐길 수 있을 터이다. 그걸 생각하자 절로 피가 뜨거워질 지경이었다.

"돌격! 크핫하하! 이 잡것들아, 다 밀어 버려!"

한참 떨어진 뒤에서 그 모습을 지휘하던 바라카가 외쳤다. 그는 날이 휜 보검을 머리 위로 빙빙 휘두르며 호기롭게 웃었다.

싸움은 이들 스카나 족의 입장에서는 너무나 손쉽게, 그리고 유리하게 전개되고 있었다.

그 이유는 간단했다.

'노렸던 수가 그대로 먹혔군. 크흐훗!'

바라카의 눈이 살기로 번들거렸다.

그런 그의 시선은 내성 성문 망루 위에서 병사들을 독려하고 있는 한 인물을 바라보고 있었다. 바로 백작성의 어린 새 주인, 카탈리나였다.

같은 시각, 카탈리나는 처참한 심정을 느끼고 있었다.

"여백님, 이곳은 위험합니다."

곁에 있던 야니카가 피신을 권유했다.

하지만 카탈리나는 고개를 저었다.

"나만 혼자 안전한 곳에 숨을 생각은 없어."

그녀는 성문 아래를 바라보았다. 마침 그 순간, 스카나 족이 밀어붙인 충차가 성문을 거세게 때렸다.

쿠우웅―!

동시에 카탈리나의 가슴도 아프게 내려앉았다.

'당했어……. 그것도 완전히.'

스카나 족의 이번 침공은 지금까지와 질적으로 아주 달랐다. 그녀는 비로소 확신했다. 저들은 평소와 달리 약탈이 아닌 점령을 목적으로 왔다. 아래에서 내성 성문을 때리는 충차가 가장 단적인 예였다. 충차는 순전히 성을 공략하기 위한 병기니까.

쿠우우웅—!

"단장님! 성문이 위태롭습니다!"

"막아라. 목숨을 걸고라도 막앗!"

양팔을 붕대로 감은 야니카가 단호히 외쳤다.

악다구니가 사방을 점령했다.

그럴수록 카탈리나는 무력감을 느꼈다.

그녀는 손에 들고 있던 지팡이를 꾹 움켜쥐었다. 하지만 이미 그녀의 마력은 바닥난 지 오래였다. 더는 마법을 쓸 수도 없었다.

사실 카탈리나는 2클래스 초입 수준의 마법사였다. 그리 유능하다 할 수는 없겠지만 그녀의 어린 나이를 고려한다면 상당한 수준이라 할 수 있었다.

하지만 전대 가주였던 그녀의 어머니가 5클래스의 마스터였음에 비하자면 한참이나 부족했다.

일반적으로 클래스의 단계가 하나씩 오를 때마다 위력은 열 배가 증가한다. 실제로는 여러 가지 변수가 적용되어 그렇게까지는 안 되겠지만 단순 계산으로만 치면 5클래스 마스터였던 카탈리나의 어머니는 1만 명의 1클래스 마스터를 상대할 수 있을 정도였다.

따라서 4클래스 이상의 마법사는 전쟁터에서 전략 무기와 같은 취급을 받는다. 그리고 로젠 백작가를 다스렸던 카탈리나의 조상들은 하나같이 그런 위대한 마법사의 길을 걸었다.

"크어아학!"

건너편 성벽 위에서 마법을 난사하던 3클래스 마법사의 비명이 울렸다. 그의 가슴에 화살이 꽂힌 채 성벽 아래로 떨어지는 모습이 카탈리나의 망막에 비쳤다.

카탈리나는 눈을 질끈 감았다. 이로써 백작령에 고용된 네 명의 3클래스 마법사가 모두 죽었다.

그뿐만이 아니었다. 성벽 위에 배치되어 있던 방어용 포대도 어느 순간부터인가 침묵해 버렸다.

문득 절망감이 몰려왔다.

'끝났어······.'

어머니의 급작스러운 죽음으로 마법 수준이 경지에 오르기도 전에 백작 위를 물려받았다. 게다가 야니카는 부상으로 검을 잡지 못한다. 검과 마법, 어느 쪽을 보더라도 마땅히 기댈 곳이 없었다.

게다가 카탈리나는 이미 심각한 전략적 실수를 저질렀다. 휘하 봉신들을 구원하기 위해 토벌군을 파견한 사이, 스카나 족이 이곳 백작성을 급습해서 이 지경에 몰린 것이다.

'만일 그 병력이 온전히 성에 남아 있었다면······.'

원로 가신들의 고집에 못 이겨 토벌군을 파견한 것에 후회가 밀려왔지만 이미 때는 늦어 있었다.

그때였다.

콰아아아앙—!

날카롭고도 육중한 충차 머리가 마침내 두꺼운 성문을 깨부쉈다. 충차가 뒤로 물러서자 성문 중앙에 지름 1미터 정도 크기의 구멍이 남았다.

성문 안쪽에서 열을 짓고 전투를 준비하던 병사들이 눈을 부릅떴다.

그들을 지휘하던 백작가의 기사가 외쳤다.

"막아라! 성문이 부서⋯⋯!"

그 순간, 성문에 난 구멍으로 석궁 몇 대가 대가리를 들이밀었다.

슈슈슉!

스카나 족이 구멍에 대고 석궁으로 쏘아붙인 볼트가 기사의 뒤통수를 꿰뚫었다. 곁에 있던 병사들 몇도 피를 쏟으며 우수수 쓰러졌다.

그 틈에 다시 한 번 충차가 성문을 들이받았다.

콰지지직!

성문의 균열이 더욱 커졌다 싶은 순간.

끼이이익⋯⋯.

"넘어진다!"

"피, 피해!"

"으아악!"

거대한 성문은 병사들이 어찌해 볼 틈도 없이 넘어졌다. 성문 안쪽, 바로 아래에서 비명을 지르는 병사들의 머리 위를 향해.

콰아아아앙—!

수십의 목숨이 한꺼번에 성문 아래에 짓눌려 사라졌다. 그 위로 스카나 족 전사들이 살기등등한 모습을 드러냈다. 마침내 내성 성문이 뚫리는 순간이었다.

망루 아래에서 다급한 외침과 처절한 비명이 연달아 울렸다.

카탈리나의 얼굴에서 핏기가 싹 가셨다.

비명은 빠른 속도로 가까이 다가왔다.

적들이 몰려오고 있다.

그걸 깨달은 야니카가 외쳤다.

"여백님! 어서 몸을 피하셔야 합니다!"

"야니카…… 나는……."

"어서요!"

야니카의 독촉에도 불구하고 카탈리나는 움직일 줄을 몰랐다. 그러는 동안에도 수십의 거친 걸음과 외침이 성문 위쪽 망루를 향해 치달려 올라왔다.

적이었다.

"이익……!"

야니카는 자신의 팔을 동여맨 붕대를 물어뜯었다. 조각조각 뜯긴 붕대가 바닥으로 떨어졌다. 그녀는 아직 뼈가 붙지 않은 팔을 억지로 펴서 검을 쥐었다. 그리고 망루 최상층으로 올라오는 나선형 좁은 층계의 중간을 가로막고 섰다.

곧 수십의 스카나 족 전사들이 들이닥쳤다.

"쳐라!"

곧장 도끼가 날아왔다.

후웅—!

야니카는 첫 일격을 흘려 냈다. 상대에게 생긴 찰나의 빈틈을 통해 무릎을 찔러 올렸다.

콰직—!

"끄윽!"

무릎에 가슴을 맞은 전사가 뒤로 넘어지며 뒤를 따라 올라오던 다른 이들과 뒤엉켰다. 좁은 층계는 금방 혼란에 휩싸였다.

"……."

야니카는 숨을 고르며 그 모습을 내려다보았다.

'팔이…….'

어찌어찌 억지로 검을 쥐긴 했지만 팔이 움직이지 않았

다. 하물며 적은 수십, 수백이다.

무력감이 몰려왔다.

하지만 여기서 자신이 무릎을 꿇으면 카탈리나를 지킬 사람은 아무도 없게 된다.

그런 위기감이 그녀의 팔을 움직이게 했다.

"끼야아악!"

비명 같은 기합과 함께 야니카의 검이 첫 상대의 머리를 수직으로 쪼갰다. 뒤이은 상대의 어깨를 베었다.

하지만 그녀의 분투는 거기까지였다.

챙강!

"크윽!"

방패에 부딪힌 그녀의 검이 힘없이 떨어졌다. 다시 부러진 팔이 축 늘어졌다.

"죽여!"

전사들이 들이닥쳤다.

야니카의 얼굴에 절망감이 배었다.

그때였다.

"거기까지."

차가운 목소리가 울렸다. 동시에 스카나 족 전사들의 움직임이 약속이나 한 듯 덜컥 멎었다.

"허…… 허억?"

"뭐, 뭐냐! 몸이……!"

당황한 전사들이 몸을 뒤치었다. 하지만 그들의 몸은 굳은 채 움직일 줄을 몰랐다. 영문을 모르는 야니카는 당황한 얼굴로 그들을 살폈다. 그제야 그녀는 이유를 알았다.

"아……."

스카나 족 전사들은 제각기 자신의 그림자에 온몸이 묶여 있었다. 세상에, 그림자가 제멋대로 움직여 몸을 묶어 버리다니. 야니카의 눈이 놀라움으로 휘둥그레졌다.

다음 순간이었다.

샤아아아…….

별안간 강렬한 기운의 회오리가 좁고 어두운 회전식 층계에 가득 차올랐다. 이내 아래쪽에서 전혀 의외의 인물이 천천히 모습을 드러냈다.

그런데 그 인물은 야니카가 익히 아는 사람이었다.

"아……."

야니카는 자신의 처지도 잊고 망연한 얼굴로 층계 아래를 바라보았다.

5장.

단신으로 적을 막아서다

1

"네놈은…… 시슬란?"

야니카의 중얼거림.

시슬란과 야니카의 시선이 마주쳤다.

그 순간 시슬란이 물었다.

"이들은?"

"아……?"

야니카는 눈을 끔벅거렸다. 잠시 후에야 그녀는 시슬란의 물음이 스카나 족이 적인지 아닌지를 확인하기 위한 것임을 깨달았다.

그녀는 저도 모르게 대답했다.

"저, 적이다."

"그렇군."

시슬란의 입술이 작게 달싹인다고 느껴진 순간, 스카나
족 전사들을 묶고 있던 그림자가 움직였다.

와드득!

"크어……!"

꽈직!

"끄……!"

스무 명에 달하는 스카나 족 전사들의 목이 일거에 부러
졌다. 그것은 마치 일렁이는 그림자가 거대한 손이 되어 닭
모가지를 비트는 것과도 비슷한 광경이었다.

피가 날리고 살점이 튀는 전장의 광경보다는 훨씬 깔끔
했다. 하지만 그만큼 처절했다. 적어도, 야니카의 눈에는
그렇게 보였다.

시슬란이 재차 물었다.

"그대의 주인은? 무사한가?"

너무나 차가운 시슬란의 눈동자.

이유는 몰랐다. 순간 야니카는 다리에 힘이 풀려 주저앉
을 뻔했다. 그녀는 가까스로 무력감을 이겨 내며 대답했다.

"위, 위에……. 꼭대기에 계신다."

"……"

시슬란은 계단을 걸어 야니카의 곁을 스쳐 지났다. 순간 그의 눈길이 야니카의 부러진 팔을 살폈다.

주인을 지키기 위해 몸을 아끼지 않는 충성심. 그걸 보니 자신의 충실했던 두 호위 무사, 락토르와 아리안이 문득 떠올랐다.

시슬란의 왼쪽 입술에 희미한 조소가 스쳤다.

"역시나 비슷해."

"비슷하다고? 그게 무슨……?"

그 순간이었다.

덥석!

시슬란의 한 손이 야니카의 팔뚝을 예고도 없이 움켜쥐었다.

"크, 으으윽!"

고통을 느낀 야니카가 펄쩍 뛰었다.

그때였다.

샤아아…….

어디선가 피어난 짙은 그림자가 야니카의 부러진 팔뚝을 감쌌다. 그와 함께 그녀가 느끼던 고통이 점차 둔중하게 가라앉았다.

시슬란이 말했다.

"일단은 응급처치만 해두었다. 그래도 저 무식한 대검을 휘두르는 정도는 할 수 있을 테니 지장은 없겠지. 앞으로 얼마 동안은 팔뚝에 가해지는 힘을 뼈 대신 그림자가 지탱해 줄 테니까."

"뭐?"

야니카는 휘둥그레진 눈으로 자신의 팔뚝을 바라봤다. 신기하게도 통증이 느껴지지 않을 뿐 아니라 팔꿈치를 움직일 수도 있었다.

그녀는 시험 삼아 자신의 무식한(?) 대검을 들어 보았다. 그러곤 자기 뜻대로 검을 움직일 수 있다는 것을 깨달았다.

야니카의 얼굴에 기쁨과 함께 놀라움이 떠올랐다.

"이봐, 이게 대체 어떻게 된 거지?"

하지만 그때 이미 시슬란은 나선형 계단을 저만치 올라가고 있었다. 계단 모퉁이로 사라지는 그의 뒷모습 뒤로 짤막한 당부만이 남았다.

"대신 한 가지 당부하자면, 햇볕에 팔을 노출하지 말 것. 그 법칙 하나만 지켜라."

"……."

야니카는 멍한 얼굴로 시슬란이 사라진 방향을 잠시 바라봤다. 그녀로서는 방금 본 수법들이 어떤 것인지 짐작할 수도, 이해할 수도 없었다.

그때였다.

"위를 조사해! 걸리는 놈이 있으면 다 죽여라!"

아래쪽에서 거친 외침이 들려왔다. 서부 황야의 사투리가 뒤섞인, 스카나 족 특유의 억센 억양이었다. 그 외침에 이어 다수의 발소리가 나선 계단 아래쪽에서 올라오고 있었다.

비로소 야니카는 자신이 행해야 할 단 하나의 사명을 떠올렸다.

꽈드득!

순간 대검을 쥐고 있던 야니카의 손아귀에 막강한 힘이 가해졌다. 그녀의 이가 까드득, 섬뜩한 소리를 내질렀다. 동시에 눈에서는 스산한 살기가 줄기줄기 뿜어져 나왔다.

"자, 와라."

한 손에 들린 대검이 천천히, 하지만 단호하게 위로 들렸다. 단칼의 야니카를 있게 한 특유의 상단 자세였다.

그리고 잠시 후.

감히 계단 층계를 뛰어 올라오던 다수의 스카나 족 전사들은 지옥을 맛보아야 했다. 그것도, 단칼의 야니카가 직접 선사하는 지옥을.

한편, 시슬란은 계속 계단을 올랐다.

아래에서는 야니카가 스카나 족을 도륙하면서 내는 요란

한 기합과 비명이 들려왔다. 하지만 그는 더는 그쪽에 신경 쓰지 않았다.

마지막 계단이 끝나고 꼭대기 층으로 올라섰다. 그곳에는 무력감에 몸을 떨고 있던 또 다른 여인, 어린 여백 카탈리나가 있었다.

그녀는 눈을 꼭 감은 채 두 손으로 지팡이를 모아 쥐고서 노래하듯 주문을 읊고 있었다.

"나 마나의 종은 그대의 의지를 받들어……."

카탈리나가 읊고 있는 것은 마법 주문의 일종이었다. 그 때문인지 그녀의 이마에는 온통 식은땀이 가득했다.

그녀를 향해 다가서려던 시슬란이 걸음을 멈추었다.

"……."

그는 카탈리나의 주위에 흐르는 비정상적인 기운을 희미하게나마 느꼈다.

모였다가 흩어지고, 춤을 추다가 스러지는.

그래서 더욱 파괴적으로 보이는 기운의 흐름.

사실 지금 카탈리나가 외우고 있는 것은 자폭 주문이었다.

그녀는 결코 이 자리에서 도망갈 생각이 없었다. 그것은 백작가를 위해 희생당한 병사들을 욕되게 하는 짓이라 생각했다. 그렇다고 순순히 잡혀 줄 생각은 더더욱 없었다.

이제 끝이라고 생각하자 치미는 두려움과 오기를 재료로 삼아 카탈리나는 차근차근 자폭 주문을 완성시켜 나갔다.

시슬란이 그녀에게 말을 건넨 것은 자폭 주문이 거의 완성되기 직전의 무렵이었다.

"지금 뭘 하고 있는 거지?"

"……!"

그 순간 카탈리나가 움찔했다. 노래하듯 웅얼거리던 그녀의 자폭 주문이 멎었다. 동시에 강제로 순환되던 마나의 흐름도 정지했다.

"시, 시슬란?"

눈을 뜬 그녀는 깜짝 놀라고 말았다.

"다, 당신이 여길 왜……?"

그가 왜 여기에 있는지 이해할 수가 없었다.

그래서였을 것이다.

시슬란을 향해 황급히 외치려 한 것은.

"어, 어서 피해요! 당신은 백작가의 식구가 아니니 일부러 위험에 휘말릴 필요가…….

하지만 카탈리나는 말을 다 끝맺지 못했다. 자폭 주문을 외다가 갑자기 멈춘 대가로 마나의 흐름이 뒤틀린 탓이었다. 결국, 그녀는 실 끊어진 연처럼 힘없이 쓰러지고 말았다.

"……어, 없……."

시슬란이 한 팔을 뻗었다.

쓰러지려던 카탈리나가 가까스로 그의 품에 안겼다. 기절한 그녀를 내려다보는 시슬란의 입가에 쓴웃음이 떠올랐다.

"피하라니, 설마 나더러 은혜도 모르는 배은망덕한 사람이 되라는 뜻인가?"

카탈리나를 한쪽에 반듯이 뉘인 그는 전장을 살폈다.

전체가 지붕으로 덮인 이곳 망루와 달리 넓은 개활지인 전장엔 그늘이 전혀 없었다. 게다가 서녘으로 해가 차츰 기울고 있긴 했지만 해가 지려면 아직 시간이 제법 남은 터였다.

'어떻게 한다…….'

그는 잠시 고민했다.

그때였다.

"와아아아!"

아래쪽에서 거친 함성이 들려왔다. 눈길을 내려 보니 한 떼의 스카나 족 전사들이 뚫린 성문으로 노도처럼 밀려들어 오고 있었다.

성은 함락 직전의 상태였다.

"……."

더는 머뭇거릴 틈이 없었다.

다음 순간, 그는 망설임 없이 망루 아래 성문이 있는 곳을 향해 몸을 날렸다.

2

망루 난간을 넘은 시슬란이 아래를 향해 빠르게 떨어졌다. 무려 삼십 미터 가까운 높이에서 겁도 없이 뛰어내린 것이었다.

망루 외벽에는 작은 돌출물들이 있었다. 시슬란의 발은 그 돌출물들을 연속적으로 밟아 나갔다.

타다다닥!

낙하 속도가 절묘하게 늦추어졌다.

마지막으로 그는 아래에 있는 한 스카나 족 전사의 몸을 이용했다.

콰직!

시슬란에게 밟힌 전사는 한낱 발깔개로 전락하고 말았다.

"뭐, 뭐야!"

갑자기 뚝 떨어져 나타난 그의 등장에 전사들의 대열이

어지러워졌다. 게다가 시슬란이 뛰어내린 자리는 마침 성벽에 의해 그늘이 진 장소였다.

쉬리릭!

"……!"

시슬란을 중심으로 무언가 검은 형체가 번득인다 싶은 순간, 스카나 족 전사들이 몸을 움찔 떨었다. 그리고 모두가 순식간에 짚단처럼 쓰러졌다.

삽시간에 찾아온 적막.

휘오오오.

황야의 삭풍이 불어와 성문 아래 스카나 족 전사들의 주검 20여 구를 쓰다듬었다. 시슬란이 그 한가운데, 뚫린 성문 통로 중앙에 오연히 버티고 섰다.

"저, 저놈은 또 뭐야?"

"돌격! 밀어 버려라!"

아직 시슬란의 실체를 알 리 없는 스카나 족 전사들이 연이어 성문으로 몰려들어 왔다. 하지만 그들은 곧 지옥을 맛봐야 했다.

샤아아아…… 파샤샷!

시슬란의 주위로 실처럼 가느다란 그림자가 일거에 일어섰다. 그리고 내쏘아졌다.

피핏!

"어어억?"

전사들이 엉겁결에 방패를 들었다.

타다다다당!

그림자가 부딪치는 순간, 석궁 볼트 수백 발이 한꺼번에 꽂히는 듯한 충격이 방패를 강타했다. 그 탓에 오십 명의 전사들은 앞으로 돌격하기는커녕 뒤로 스무 발자국이나 물러나고 말았다.

그제야 이 야만족의 전사들은 시슬란의 정체를 의심하기 시작했다.

"저, 저놈은 대체 뭐하는 놈이지?"

누군가는 또 외쳤다.

"마, 마법사다! 그것도 흑마술사야. 틀림없어!"

그 외침에 대부분의 스카나 족 전사가 고개를 끄덕였다.

그들의 눈에는 시슬란의 수법이 사악한 흑마술로 보였다. 하지만 그 사소한 오해 덕분에 야만족 전사들 사이로 보이지 않는 불안감이 퍼졌다.

그들의 지휘관이 외쳤다.

"멍청한! 멀리서 제압하면 되잖아! 활을 쏴라!"

명령은 즉시 실행되었다. 수많은 화살과 볼트가 성문 아래 버티고 있는 시슬란을 향해 쏘아졌다. 하지만 그 공격은 시슬란이 일으킨 그림자 장막에 간단히 가로막혔다.

스카나 족의 입장에선 이해할 수도, 이해하기도 어려운 일이었다. 그러다 보니 시슬란을 처리할 뾰족한 방법도 찾지 못했다.

덕분에 노도처럼 몰아치던 스카나 족의 진군에 제동이 걸렸다.

*　　　*　　　*

한편, 후방에서는 대족장 바라카가 분통을 터뜨리고 있었다.

"대체 뭐하는 거냐! 저 잡종들이!"

그는 성문으로 돌입하던 돌격대 전사들이 우왕좌왕하는 꼴을 보고는 기어이 폭발하고 말았다.

빠드드득!

바라카의 턱뼈가 스산한 소리를 내뱉었다.

'젠장! 어쩌면 시간이 모자랄지도 모르겠군.'

그는 재빨리 머리를 굴렸다.

백작가의 주력, 토벌군이 휘하의 다른 영지로 이동한 틈을 타서 감행한 급습은 성공적이었다.

하지만 아직 공격은 완전히 성공한 것이 아니었다. 성을 완벽하게 점령하지도 못했는데 백작가의 주력 부대가 돌아오면 앞뒤에서 포위당할 수도 있으니까.

지금은 시간이 가장 큰 변수였다.

그 생각이 들자 바라카는 즉시 좌우를 돌아보았다.

"이 몸이 직접 나서지 않으면 되는 일이 없으니, 이거 원! 이 빌어먹을 종자들아, 따라와라! 뒤처지는 놈이 있으면 대가리를 쪼개 놓을 테니! 가자! 이랴!"

푸르륵!

바라카를 태운 거마가 힘찬 투레질을 하며 땅을 박찼다. 힘줄이 맥동 치듯 불끈거리는 발굽 아래 돌이 부서지고 대지가 신음했다.

투두두두두……!

그는 곧바로 성문을 향해 말을 내달렸다. 그리고 성문 아래의 상황을 보고는 저도 모르게 실소하고 말았다.

"하! 미치겠군!"

어이가 없게도 성문은 단 한 사람에 의해 막혀 있는 상태였다. 그것도, 바라카의 기준으로 보자면 입김만 후 불어도 날아갈 것같이 비리비리하게 생긴 놈이었다.

그걸 보곤 콧김을 풍, 뿜어내는 바라카였다.

"이런 빌어먹을! 형편없는 놈들!"

챠아앙—!

그가 보검을 뽑았다. 서슬 퍼런 칼날이 스산한 빛을 반사했다.

'확실히 물건은 물건이야.'

그는 내심 지난 월식을 보러 솔레논 호숫가에 가길 잘했다는 생각을 했다. 덕분에 월식 직후 호숫가에 쓰러져 있던 놈을 발견하고 이 검을 취할 수 있었던 것이 아니겠는가.

그 생각을 하며 바라카가 보검을 아래에서 위로 크게 베어 올렸다.

촤아악!

"끄르쿠욱!"

기묘한 소리와 함께 스카나 족 전사 하나가 반으로 쪼개졌다. 하지만 바라카는 거기서 그치지 않고 그 옆에 있던 다른 스카나 족 전사의 목을 베어 버렸다.

"길을 비켜라!"

한데 몰려 있던 스카나 족 전사들이 그의 외침 한 번에 분분히 양쪽으로 갈라졌다. 조금이라도 반응이 늦었다간 자신도 목이 날아갈 수 있음을 그들은 잘 알았다.

덕분에 성문 앞에는 커다란 대로가 생겨났다.

비로소 시슬란과 바라카는 서로의 모습을 정면으로 마주하게 되었다.

바라카의 입가에 난폭한 흉소가 어렸다.

"크흐흐……! 네놈이냐? 네놈이 우리 애새끼들의 돌격

을 방해했겠지. 맞나?"

"……."

"역시, 맞구먼. 어쨌거나 네놈은 이제 죽은 목숨이다. 으리얍!"

바라카가 거대한 그레이트 액스와 보검을 교차로 휘두르며 시슬란을 향해 달려들었다.

후우웅!

시슬란은 간발의 차이로 공격을 피해 냈다.

바라카의 실력은 결코 야니카에 뒤지지 않았다. 아니, 난폭함으로 따지자면 더 흉흉했다. 그의 공세가 끝도 없이 퍼부어졌다. 그 앞에 시슬란은 당장이라도 피를 뿌리며 쓰러질 것처럼 위태로워 보였다.

"크하하하!"

바라카가 광기 어린 웃음을 터뜨렸다.

조금만 더 몰아붙이면 시슬란을 찢어발길 수 있으리라 확신했다.

하지만 그의 확신은 착각에 불과했다.

그는 미처 깨닫지 못하고 있었다.

자신의 공격을 아슬아슬하게 피하는 시슬란의 얼굴이 그저 무표정하다는 것을, 심지어 그 무표정함 속에 약간의 무료함이 깃들어 있다는 것을.

시슬란이 조금도 흐트러지지 않은 말투로 물었다.

"사실은 아까부터 내내 신경이 쓰였던 것인데, 그 샴쉬르…… 어디서 났지?"

"음?"

"그대가 쥐고 있는 루나티카의 샴쉬르, 어디서 구했는지를 묻고 있는 것이다. 모쪼록 순순히 대답하도록."

"뭐? 허허!"

바라카의 입가에 실소가 피었다. 하지만 그의 눈은 전혀 웃고 있지 않았다.

"이놈이 정신이 나갔구먼그래. 결론은 이걸로 죽고 싶다, 이 말이렷다?"

바라카의 팔 근육이 꿈틀거렸다. 그가 쥔 샴쉬르가 위로 들렸다. 그 휘어진 칼끝은 요사한 예기를 품고서 무력한 상태의 시슬란을 겨누고 있었다.

"장난은 그만 치고 이제 죽어 줘야겠다!"

쉬아악!

시슬란의 목을 향해 샴쉬르를 휘둘렀다.

하나, 시슬란은 자신의 목숨을 노리는 칼날 따위에는 눈길도 주지 않았다.

다만 그는 조용히 뇌까릴 뿐이었다.

"그대는 끝끝내 물음에 대답할 생각이 없는 것인가 보

군?"

"……!"

서늘한 느낌.

일순 바라카는 이유 모를 위기를 느꼈다.

그 순간, 바닥에서부터 시커먼 그림자가 치솟아 그의 샴 쉬르와 부딪쳤다.

차아앙—!

간발의 차이.

샴쉬르는 시슬란의 목까지 불과 손가락 두께 정도의 거 리를 두고 그림자에 의해 튕겨 나왔다. 순간적인 반발력을 버티지 못한 바라카는 그만 뒤로 물러나고 말았다.

"크으윽?"

재빨리 자세를 바로 하였다. 자신의 검이 막히다니? 믿 을 수가 없었다. 하지만 더욱 믿을 수 없는 일은 바로 다음 에 벌어졌다.

턱!

그레이트 액스가 멈추었다.

그다음엔 샴쉬르가 멈추었다.

바라카의 두 무기는 모두 시슬란의 얼굴 앞에서 가로막 혔다. 두 무기를 멈추게 한 것은 바로 바라카 자신의 그림 자였다.

"……!"

바라카가 경악으로 눈을 부릅떴다.

믿을 수가 없었다.

하지만 시슬란은 담담한 눈길로 샴쉬르를 살폈다.

이내 그의 입술이 나지막이 열렸다.

"마지막으로 기회를 주겠다. 이 샴쉬르, 어디서 얻었지?"

"……크윽?"

바라카는 얼굴을 일그러뜨리며 두 무기를 회수했다. 그리고 다시 한 번 시슬란을 향해 거친 공격을 퍼부었다.

"죽엇—!"

바라카가 악을 쓰며 외쳤다.

시슬란의 주홍빛 눈동자가 더욱더 차갑게 가라앉았다.

"성실한 대답을 할 수 있도록 기본적인 예절부터 가르쳐야겠군."

"……."

어떤 연유에서였을까.

순간 바라카는 등줄기 전체에 와락 솟아나는 소름과 함께 섬뜩한 기분을 느껴야 했다.

6장.

잃어버린 수하의 행방을 접하다

1

투화하학!

거친 충격이 바라카의 전신을 휘감았다.

"……허!"

바라카의 수염 덮인 입에서 헛숨이 훅 뿜어져 나왔다. 아찔한 정신. 그 속에서도 눈이 확 뜨였다. 땅이 멀어지고 있었다. 성문 주변에 있던 수하들이 순식간에 작게 보였다.

어라?

'이게 무슨 일이지? 나 설마, 날고 있는 건가?'

그랬다.

바라카는 지금 이 순간 허공에 떠 있었다.

그것도 수직으로 십여 미터나 높이 치솟은 상태였다.

"크어억?"

비명 아닌 비명이 절로 나왔다. 이게 어찌 된 영문인지 이해할 수가 없었다. 잠깐 섬뜩한 기분이 드나 싶었는데 아찔한 충격과 함께 이런 꼴이 되어 버린 것이었다.

순간 그의 시선이 지상에 있는 시슬란을 일별했다.

'저놈이……'

빠드득!

바라카의 어금니가 스산한 소리를 흘렸다.

그러는 사이, 그의 몸은 빠른 속도로 다시 지상을 향해 떨어졌다.

동시에 그는 깨달았다. 이대로 땅에 부딪힌다면 큰 부상을 입을 수밖에 없음을.

그걸 깨달은 바라카는 전신의 근육에 마나를 실었다.

"흐아아압!"

꽈드드드드!

힘줄이 맥동 치듯 피어나고, 근육이 압도적인 크기로 부풀었다. 동시에 강철처럼 단단해졌다. 그 상태로 바라카는 지면과 충돌했다.

꽈아아앙—!

"크……!"

눈앞이 까매졌다가 새하얘졌다. 정신을 차릴 수가 없었다. 바라카는 필사적으로 허우적거리며 몸을 일으키려 했다.

그때였다.

"이번에는 내 물음에 순순히 대답하길 바란다."

시슬란의 목소리가 귓가에 울린 순간.

투화학!

또다시 바라카의 몸이 수직으로 십 미터나 치솟았다.

"커으억······!"

절로 비명이 나왔다.

이번에는 바라카도 보았다.

방금 시슬란은 손끝 하나 움직이지 않았다. 대신 발아래 지면에서 무언가 시꺼먼 그림자 비슷한 것이 치솟아 자신을 쳐올렸다.

'마법사였던 건가······?'

그는 의혹을 느꼈다.

동시에 분노했다.

그것은 위대한 스카나 족의 대족장인 자신을 이렇게 장난 감 다루듯 날려 버린 상대에 대한 뜨거운 분노였다.

그는 그때까지 놓치지 않고 있던 그레이트 액스와 샴쉬르를 고쳐 잡았다. 그리고 아래쪽 지상에 서 있는 시슬란을 노려보았다.

대족장은 생각했다.

위에서 떨어지는 힘으로 내려치면 이번에는 저 건방진 놈을 두 쪽으로 쪼갤 수 있을 거라고. 그리되기만 하면 자신이 조금 다치는 것 정도는 감수할 수 있다고.

"어디 이번에도 네놈이 막을 수 있나 보자아악!"

맹렬한 추락.

바라카의 두 무기가 시슬란을 쪼갤 듯 내리쳐졌다.

"……."

시슬란은 가만히 그 모습을 바라보았다.

그의 대응은 간단했다.

피식.

시슬란은 비웃음을 입가에 머금었다.

'멍청이.'

그리고 옆으로 딱 한 발만 비켜섰다.

바라카는 그저 땅만 때리는 신세가 되었다.

꽈아아앙—!

"……!"

앞으로 엎어진 자세 그대로 바라카의 몸이 땅에 처박혔다.

바라카는 비명도 지르지 못했다.

이번엔 시슬란을 공격하느라 전혀 충돌에 대비하지 못한 탓에 입은 피해가 심각했다.

'하, 할머니……?'

일순 바라카는 어릴 적에 돌아가신 할머니가 평원 저편에서 손짓하는 환각을 보았다.

시슬란의 눈길은 여전히 냉랭했다.

순간 허우적거리던 바라카와 시슬란의 시선이 교차했다.

"흐익……?"

비로소 바라카는 두려움을 느꼈다.

그의 영혼에 공포라는 감정이 확실히 각인되는 순간이었다.

시슬란이 여전히 무미건조한 어투로 낮게 읊조렸다.

"말해라."

투화하학!

다시금 바라카의 몸이 수직으로 수 미터나 치솟았다. 바라카는 정신이 아득해짐을 느꼈다. 공포, 두려움, 무서움, 아무것도 할 수 없다는 절망적인 감정만이 이 거친 전사의 마음속을 온통 사로잡았다.

결국 그는 자신도 모르는 사이에 수십 미터 위의 허공에서 비명을 내지르고 말았다.

"으와아아아—악—!"

원래 목소리가 큰 바라카가 필사적으로 비명을 지르자 그 소리는 전장의 가장 멀고 구석진 곳까지 쩌렁쩌렁 울려 퍼졌다.

순간 칼을 부딪고 창을 내찌르던 모든 병사와 전사들이 부지불식간에 비명의 진원지를 돌아보았다.

그리고 경악했다.

"헉?"

"저건……."

"대족장……님?"

그들이 보는 앞에서 위대한 붉은 수염 바라카는 공기놀이의 공깃돌이 떨어지듯 지면으로 추락했다.

떨어지고.

콰지직!

또 떨어지고.

콰당!

"커윽!"

속이 뒤집혔다.

온몸이 부서질 것 같았다.

수치심과 두려움이 뒤범벅되어 절로 눈물이 날 것만 같았다. 차라리 죽었으면 싶은 생각마저 들었다. 하지만 그마저도 마음대로 안 되었다.

이제 바라카는 알았다.

방금 지면에 충돌하기 직전, 시슬란이 예의 시꺼먼 그림자

비슷한 것을 바닥에 깔아 자신이 죽지 않을 정도로만 충격을 받도록 했다는 것을. 시슬란이 지금 자신을 가지고 놀고 있다는 것을.

시슬란의 입술이 열렸다.

"그 루나티카의 샴쉬르."

투화하학!

다시금 바라카의 몸이 수직으로 떴다.

"흐어아아아아악—!"

사지를 버둥거려 보지만, 인간인 이상 겨드랑이에서 날개가 돋아날 리 없었다. 대족장 바라카는 수하들이 보는 가운데 비참한 비명을 내지르며 또다시 추락했다.

쿠우웅—!

처참하게 널브러진 바라카를 향해 시슬란이 읊조렸다.

"대체 어디서."

투화학!

다시 수직으로 비상.

"으허으억!"

쿠웅—!

추락한 바라카를 향한 조용한 읊조림.

"얻었는지."

투화학!

"으으으……."

연이은 충격 때문에 바라카는 이제 비명도 지르지 못했다. 눈물 콧물을 줄줄 흘리는 그의 얼굴은 이미 엉망이었다.

그럼에도 시슬란은 안쓰러움을 느끼기는커녕 이제는 아예 깨알 같은 회전까지 넣어서 바라카 공기놀이(?)를 즐기기 시작했다. 돌리고, 돌리고, 좋구나.

"내게."

쿠우우—웅!

"허심탄회하게."

투확!

"말하기만 하면."

콰당탕!

"이 고통이."

투화아악!

"멈추어질 수도."

투파학!

바라카는 정신을 잃지도 못하고 핑글핑글 돌며 떴다가 추락하기를 반복했다.

그 믿을 수 없는 광경에 모두가 말을 잃었다.

"……."

이제 이 전쟁터에서 전투를 수행하는 스카나 족은 아무도

없었다. 모두 저도 모르게 입을 쩍 벌리고서 이 광경을 지켜
보고 있을 뿐이었다. 그것은 로젠 백작성의 기사와 병사들도
마찬가지였다.

쿠우웅—!

"으윽……!"

바닥에 처박힌 바라카가 전신을 떨었다.

그런 그에게 시슬란의 냉랭한 눈길이 떨어졌다.

"있다고 생각하는데."

투화학!

"꺼…… 윽…….."

숨 막히는 소리와 함께 바라카가 또 떠올랐다.

그는 속으로 외쳤다.

'대답이라도 할 수 있게, 제발 이 미친 짓을 그만둬 줘! 좀
빌어 보자! 응? 시간을 줘야 잘못했다고 빌 거 아니냐! 제
발!'

하지만 시슬란은 매정하게도 몇 어절 단위로 제 할 말만
해버리고는 바라카를 날려 버렸다.

그러기를 몇 차례, 바라카는 땅에 떨어진 순간에 맞춰 필
사적으로 외쳤다.

"마, 말하겠다!"

그런데도 시슬란의 냉랭한 표정은 풀리지 않았다.

그의 대답은 간단했다.

"감히 아직도 말이 짧군."

투파학!

'대답했는데…… 대체 왜…….'

또다시 상공 수십 미터.

그곳에서 바라카는 마침내 정신의 끈을 놓치고 말았다. 그 순간 그가 마지막으로 본 것은 서쪽 지평선을 뒤덮어 오는 한 무리의 흙먼지였다.

쿠우우웅—!

추락한 바라카가 완전히 늘어졌다.

"……."

시슬란은 이제 바라카를 위로 날려 버리지 않았다. 다만 스카나 족을 한 차례 쓸어 보았을 따름이었다.

"힉?"

"허억?"

그때까지 멍하니 지켜보던 스카나 족 전사들이 저마다 깜짝 놀라 물러섰다. 방금 바라카가 당하던 건 정말 생각만 해도 끔찍한 광경이었다.

그때였다.

투두두두…….

서쪽에서부터 육중한 울림이 지축을 흔들기 시작했다.

이내 성벽 위에 있던 누군가가 외쳤다.

"장미 기사단이다! 봉신들에게 파견됐던 장미 기사단과 토벌군이 귀환한다!"

그 외침이 울리는 순간 스카나 족 전사들의 얼굴에는 절망감이, 백작성 병사들의 얼굴에는 벅찬 희망이 떠올랐다.

기사들의 돌격 신호가 떨어졌다.

병사들의 노호성이 대지를 떨쳐 울렸다.

스카나 족 전사들은 무기를 버리고 항복을 외쳤다.

승리, 그림 같은 승리의 순간이었다.

그 중심에는 시슬란이 있었다.

2

전투는 끝났다.

수많은 사상자와 그만큼 다양한 무용담을 남긴 채 치열한 전투는 막을 내렸다. 그중에서도 가장 으뜸인 무용담은 단연코 시슬란에 대한 것이었다.

"자네도 봤나?"

"예, 봤지요. 그 대족장이라는 놈으로 아예 공기놀이하던 거."

병사는 말하다 말고 어깨를 부르르 떨었다. 보기엔 웃겨 보여도 그걸 당하는 자의 처지를 생각해 보니 여간 끔찍한 게 아니었다.

"대체 어떻게 한 걸까? 혹시 마법인가?"

"어이쿠, 제가 그걸 알면 여기에 있겠습니까? 벌써 어디 마탑에 견습 마법사로 들어갔겠지요."

"허헛, 그도 그렇군."

병사들은 한편으로는 살아남았음에 안도하며, 다른 한편으로는 시시덕거리며 이런저런 이야기들을 나누었다. 대부분이 시슬란이 보여 준 놀라운 능력에 관한 이야기였다.

그 시각, 수많은 이야기의 당사자인 시슬란은 다시 평상복을 입고서 백작성 응접실에 앉아 태연하게 차를 홀짝이고 있었다.

그런 그를 향해 카탈리나가 말했다.

"정말로…… 떠나실 생각인가요?"

카탈리나의 안색은 무척이나 창백하고 초췌했다. 자폭 마법을 시도한 여파 때문이었다. 하지만 이유가 단지 그것 하나 때문만은 아니리라. 그녀 곁에 시립해 있던 야니카는 시슬란을 보는 카탈리나의 간절한 눈빛을 통해 그런 사실을 알 수 있었다.

"……."

시슬란은 대답 없이 찻잔을 기울였다. 그리고 나머지 한 손으로는 샴쉬르 검집을 쓰다듬었다. 바라카에게서 직접 되찾은 물건이었다.

"내게는 자신의 목숨을 던져서라도 주인을 지키겠다던 멍청하고 어리석은 수하 둘이 있었지. 이 검은 그들 중의 하나에게 내가 직접 하사했던 물건이다."

이 샴쉬르는 과거 시슬란이 호위 무사 아리안에게 직접 하사한 검이기도 했다.

시슬란의 주홍빛 눈동자가 카탈리나를 직시했다. 순간 카탈리나의 어깨가 잘게 떨렸다. 하지만 그녀는 내색지 않고 경청하는 자세를 유지했다.

시슬란의 입가에 알 듯 말 듯한 미소가 피었다.

"이제는 내가 주인으로서 그들을 구해야 하지 않겠나."

그 말이면 충분했다.

카탈리나는 작은 주먹을 불끈 쥐었다.

더는 이 남자를 붙잡을 수 없다는 느낌이 들었다. 가슴 한쪽이 공허해지는 기분이었다.

"어디로…… 가실 생각이죠?"

"행선지 말인가?"

"네."

시슬란의 뇌리에 심문당하던 바라카의 모습이 떠올랐다.

그가 절박하게 외쳤던 말도 함께.

　"마, 말씀드리겠습니다! 지난 월식 직후 솔레논 호숫
가에서 한 남자를 발견했습니다. 덩치는 큰 편이었고 한
쪽, 그러니까 한쪽 팔이 잘려 있었습니다. 그놈이 이 검
을 차고 있었습니다. 저, 저는 그놈이 누군지도 모릅니
다. 그러니 제발……!"

　"……."
　시슬란의 눈빛이 가라앉았다. 그 뒤에 이어진 바라카의 말
은 충격적이었다.

　"그놈 말입니까요? 저는 놈을…… 노예상, 노예 상인
에게 팔았습니다요. 그러니 상처가 도지지만 않았다면
아마 죽지는 않았을 겁니다."

　"후우."
　시슬란의 입에서 한숨이 새어 나왔다.
　바라카가 말한 남자는 아리안이 분명했다. 몇 번을 다그
친 끝에 바라카가 말한 인상착의는 아리안의 것과 일치했으
니까.

대체 아리안은 어떻게 이곳 솔라리스까지 오게 된 것일까. 월식이 있던 그날 밤, 아리안도 급류에 빠졌던 것일까. 그리고 자신과 마찬가지로 이곳 세계로 떨어지며 광활한 호수 반대편으로 떠올랐던 것일까.

수많은 의문이 들었다.

하지만 한 가지는 분명했다.

지금 아리안이 극도로 어려운 처지에 빠져 있다는 것.

팔이 잘린 중상을 입고서 노예 상인에게 끌려 다니고 있을 아리안을 떠올리자 마음이 무거워졌다.

그는 정면의 카탈리나를 바라보았다.

"하나만 묻지."

"예? 얼마든지……."

"이들에 대해 아는 것이 있나?"

시슬란이 내민 종이쪽지가 테이블 위에 올려졌다. 카탈리나는 쪽지를 집었다.

그녀는 고개를 갸웃거렸다.

"케르치…… 상단?"

"노예 상인들이 꾸린다는 상단의 이름이다. 바라카의 말에 의하면 그들이 내 수하를 사갔다는군."

"아……."

카탈리나는 노예상이라는 말을 듣자마자 떠오르는 것이

있었다.

"잠시만요."

그녀는 자리에서 일어나 자신의 책상 서랍에서 가죽으로 된 커다란 두루마리를 꺼내 펼쳤다. 이내 테이블 위에 모습을 드러낸 것은 이곳 로젠 백작령에서부터 대륙 서북부 전체가 그려진 지도였다.

카탈리나의 손가락이 대륙 서북부 끄트머리의 어느 우묵한 해안가를 짚었다.

"이 시기, 이 계절에 노예를 매입해 갔다면 십중팔구 이곳일 가능성이 높아요."

"……."

시슬란의 눈길이 카탈리나가 가리킨 지점에 머물렀다.

"자유무역도시 로테르담…… 항구?"

"네."

"어떻게 그걸 확신하지?"

"간단해요."

카탈리나의 설명이 이어졌다.

"자유무역항 로테르담은 대륙 서안 무역의 중심지죠. 물론 그곳에서 수많은 물품이 거래되곤 하지만 가장 큰 이익을 남기는 것은 언제나 단 한 가지랍니다."

그녀는 잠시 숨을 골랐다가 한마디를 꺼냈다.

"바로 사람 장사, 노예죠."

그녀가 설명했다.

"특히 이 시기에는 항구도시의 특성상 한 해의 안전한 항해를 기원하는 축제가 열린답니다. 지금 로테르담으로 팔려가는 노예들은 대부분 그 축제에서 바다에 수장시킬 제물로 쓰일 확률이 높아요."

그녀의 이야기를 듣자 비로소 시슬란도 전후의 사정이 짐작되었다.

그가 물었다.

"그럼 그 축제는 언제 열리지?"

"제 기억으로는 이제 거의 한 달 정도 시간이 남았을 거예요."

"한 달……이라."

시슬란은 지도를 보며 거리를 계산했다.

초행길인 것을 고려한다면 한 달도 결코 넉넉한 시간은 아니었다.

그는 내심 결론을 내렸다.

"그렇다면 지금 당장 떠나야겠군."

"……."

"왜, 더 할 말이 있나?"

"아니, 그게……."

카탈리나는 망설이다가 말했다.

"아마도 내일, 우리 백작가의 주력이 서쪽으로 원정을 떠날 거예요. 대족장 바라카를 비롯해서 대부분의 족장들을 모두 제거했으니 이번 기회에 스카나 족의 근거지를 토벌할 생각이거든요."

"그래서?"

"아마 서부 황야의 초입까지는 무리 없이 진군할 것 같아요. 그러니 그곳까지는 기사단과 동행하시는 게 더 편안하고 빠르지 않을까 해서……."

피식.

시슬란의 입가에 미소가 피어났다.

"그럼 이만. 그동안 신세가 많았다."

미처 잡을 틈도 없이 그가 자리에서 일어났다.

그리고 두 여인을 남겨 둔 채 집무실을 나섰다.

그때였다.

"잠깐만요!"

다급한 목소리.

동시에 시슬란의 등에 부드럽고 따뜻한 감각이 와락 와닿았다.

"……."

시슬란을 뒤에서 끌어안은 카탈리나는 잠시 숨을 골랐다.

그리고 간신히 말했다.

"고맙다는, 잘 가라는 한마디 정도는…… 듣고 가도 되잖아요. 마음의 준비도 못 하게 이리 급히 가시지 않아도…… 되잖아요."

"……"

"너무해, 정말로."

시슬란은 대답하지 않았다. 다만 등을 통해 전해지는 카탈리나의 심장 고동을 느낄 뿐이었다. 둘은 그렇게 잠시 하나의 소리에 귀를 기울이고 있었다. 시간이 멈춘 것 같은 순간과 순간들이었다.

얼굴을 붉히며 시슬란의 등에서 떨어진 카탈리나가 말했다.

"저기, 이거라도 가지고 가세요."

"……?"

그녀가 내민 것은 작은 보합이었다. 그 안에는 금과 보석으로 손잡이가 세공된 장미 무늬의 단검이 있었다.

카탈리나가 말했다.

"로젠 백작가에서 드리는 작은 선물이에요. 이게 있으면 어딜 가서든 본 백작가의 전폭적인 후원을 받고 있음을 증명하실 수 있을 거예요."

"여백님?"

야니카가 화들짝 놀라 외쳤다.

그녀는 지금 카탈리나가 건네준 물건의 정체를 잘 알았다. 저 단검의 정체는 로젠 백작가가 지속적인 후원을 약속하는 증표, 장미의 맹약이었다.

게다가 이 작은 단검은 그저 그런 시시한 후원을 약속하는 것이 아니었다. 장미의 맹약은 한 세대의 여백이 자신의 임기 동안 단 한 사람에게만 증정할 수 있는 귀한 물건이기 때문이었다.

즉, 카탈리나는 지금 이 순간 평생에 걸친 후원을 시슬란에게 약속하는 것이나 다름없었다.

단검을 살핀 시슬란이 솔직하게 감탄했다.

"훌륭한 명장의 솜씨로군."

그는 단검을 받아 들었다.

그걸로 끝이었다.

호들갑스러운 이별의 인사도, 잘 지내라는 당부도 없이 그는 조용히 몸을 돌려 집무실을 나섰다. 그저 살다 보면 또 만나게 될 거라는 듯한 눈빛만 보냈을 뿐이었다.

그렇게 시슬란은 로젠 백작가를 떠났다.

남겨진 카탈리나는 저도 모르게 한숨만 푹 내쉬었다. 그녀는 몸을 숙여 테이블에 엎드렸다.

그러고도 자꾸만 한숨이 새어 나왔다.

엎드린 그녀의 등이 차츰 잘게 떨리기 시작했다. 이내 소리 없는 흐느낌이 테이블을 적셨다.

한편, 야니카 또한 가슴이 자꾸만 두근거리는 이상한 기분에 성벽 위로 올랐다. 서부에서 불어오는 황량한 바람이 두근거리는 마음을 식혀 줄까 싶었다. 하지만 바람은 야속하게도 되레 그녀의 황갈색 머리칼을 잔뜩 흐트러뜨리기만 했다.

그동안 야니카의 호박색 눈동자는 서쪽을 향해 고정되어 있었다. 시슬란이 떠나간 방향이었다.

문득 그녀의 입술 사이로 나지막한 중얼거림이 새어 나왔다.

"그런다고 그냥 가버리기는…… 나쁜 놈……."

*　　　*　　　*

사박.

내딛는 발길 아래 황야의 흙먼지가 피어올랐다.

시슬란의 주홍빛 눈동자가 하늘을 쓰다듬었다. 그곳에는 하늘의 그 어떤 물체보다도 신비한 천체, 은빛 만월이 떠 있었다.

"후우……."

달빛이 전신에 스미자 그는 눈을 감았다. 청량한 느낌과 함께 거의 텅텅 비어 있던 그의 내부에 활력이 충만하기 시작했다. 사실 그는 낮에 태양 아래에서 싸우며 거의 모든 힘을 소진했었던 것이다.

'하지만……'

문득 그는 품속의 단검, 장미의 맹약을 매만졌다.

분명 격전은 힘겨웠지만 좋은 이들에게 졌던 은혜를 제대로 갚았다는 느낌에 홀가분한 기분이 들었다.

게다가 수확도 있었다.

바라카를 데리고 공기놀이를 하며 이곳 솔라리스 대륙에서 그림자를 조종하는 요령을 어느 정도 익혔다. 루나티카에서보다 약해진 통제력을 가지고도 이제는 일정 수준 이상 그림자를 조종할 수 있게 된 것이다.

"하아."

그럼에도 이상하게 가끔 한숨이 나왔다.

앞으로도 카탈리나와 야니카, 그 두 여인을 잊지 못할 거라는 생각이 들었다. 언젠가 한 번쯤은 다시 만나고 싶다는 생각도 들었다.

하지만 지금은 머무를 때가 아니다.

그는 다시 걸었다.

황야 너머, 곤경에 처해 있는 아리안이 있을 서쪽을 향하여.

　강행군은 계속 이어졌다.

　시슬란은 낮에 움직이지 않았다. 그렇다고 중간에 마을에 들른 것도 아니었다.

　태양이 떠오르면 직사광이 들지 않는 바위틈 우묵한 곳에 그림자 장막을 드리웠다. 약간의 휴식을 위한 일종의 임시 텐트였다.

　휴식을 취하는 동안에는 부족한 식사량을 보충했다. 다행히 식량은 넉넉했다. 게다가 따로 조리할 필요도 없었다. 로젠 백작가를 떠나오며 당근과 오이, 양배추 등 그가 좋아하는 신선한 채소를 대량으로 받았기 때문이다. 요리를 전혀 할 줄 모르는 시슬란으로서는 매우 다행스러운 일이었다.

　그 모든 식량은 시슬란 자신의 그림자를 왜곡시켜 만든 공간 안에 담겼다. 근본 자체가 그림자를 이용해 만든 공간이라 서늘했다. 덕분에 채소는 거의 처음과 다를 바 없는 신선도를 오래도록 유지할 수 있었다.

　그렇게 휴식과 식사를 마치는 사이 해가 지평선 아래로 잠기면 시슬란은 움직였다.

　달그림자가 지배하는 밤의 황야에서는 달빛이 비치는 모든 자리가 그의 발아래나 다름없었다. 덕분에 그가 내딛는 한 걸음은 보통의 걸음이 아니었다.

사박.

한 발을 디딘 순간, 시슬란의 모습이 월광을 타고 미끄러지듯 앞으로 나아갔다. 그런 그의 발밑에는 지극히 짙은 그림자가 서려 있었다.

그렇게 이동하는 시슬란은 천천히 걷는 것같이 보였지만 실제 속도는 전력으로 달리는 준마를 훨씬 초월하고 있었다.

그 덕분이었을까.

그는 하루가 지나는 사이에 이미 로젠 백작령을 완전히 벗어났으며, 다시 사흘 만에 백작령 서부에 드넓게 펼쳐진 황야를 가로질렀다. 말로 꼬박 여드레는 달려야 하는 광대한 스카나 족의 영토마저 벗어난 셈이었다.

그렇게 다시 열흘이 지나고 마침내 달의 기운이 쇠락했다. 그믐의 밤이 온 날이었다. 그날 시슬란은 마침내 목적지인 자유무역항 로테르담에 도착했다.

하지만 그곳에는 시슬란이 아직 생각지 못한 의외의 난관이 도사리고 있었다.

7장.

노예 수송선 추격전

1

"……."

시슬란의 주홍빛 눈동자가 로테르담 시내의 대로를 살폈다.

달의 세계 루나티카, 그곳을 터전으로 살아가는 루나리언 민족은 기본적으로 정갈함과 정숙함을 미덕으로 여긴다. 때문에 루나티카에서는 아무리 비천한 장소라 하더라도 필요 이상의 소란은 절대 일지 않는다.

그런데 이곳은…….

수많은 사람이 걷고 있었다.

아니, 발광하고 있었다.

적어도 그의 눈에는 그렇게 비쳤다.

검은 피부, 하얀 피부, 심지어 붉은 피부에 파란 머리칼의 인간도 보였다. 술에 취해 소리를 지르는 선원, 등짐을 잃어버린 보따리 상인, 쫓기는 소매치기, 그 뒤를 쫓는 치안대원, 대원에게 밀려 진흙탕에 넘어진 노파까지…….

시슬란에게 있어 이 대로는 혼란과 혼돈, 그 자체로만 느껴졌다. 그는 잠시 망설였다. 이런 곳으로 자신이 걸어 들어가도 될 것인지를.

망설임은 길지 않았다.

그는 곧장 시내로 접어들었다. 수많은 걸인과 창부, 소매치기들이 그에게 몰려들었다. 하지만 그는 그 모든 유혹과 위협을 헤치고 한 장소를 향해 걸었다. 카탈리나가 미리 알려 준 이곳 항구의 정보 길드를 향해서였다.

그곳의 길드장과 대면한 시슬란은 단도직입적으로 용건을 꺼냈다.

"얼마 후에 이 항구에서 노예들을 제물로 바치는 의식이 있다고 들었다. 맞는가?"

"그건 맞소."

"제물로 바치는 노예의 숫자는?"

"오백 정도외다."

정보 길드장은 대답 한마디를 할 때마다 자신의 앞에 놓인 수첩에 숫자를 적어 나갔다. 방금 대답한 내용의 정보 등급에 따른 금액이었다.

시슬란은 사각거리며 움직이는 펜촉을 흘깃 보고는 다시 물었다.

"많군. 그럼 그 노예들은 지금 어디에 수용되어 있지?"

그는 노예들의 소재가 파악되는 즉시 그곳을 찾아가 아리안을 빼낼 생각이었다.

하지만 돌아오는 대답은 시슬란의 기대와 사뭇 달랐다.

"노예들이라면 이미 이 항구에 없소. 그들은 이미 닷새 전에 항구를 떠났소이다. 모르셨나 본데, 실제로 노예들을 바다에 던지는 의식은 여기 로테르담으로부터 서북쪽 뱃길로 스무 날은 가야 하는 망각의 섬 부근에서 치러지오."

시슬란은 속으로 혀를 찼다.

의식을 진행한다 해도 항구 근처일 것이라 생각했다. 그 때문에 보름 정도 여유를 남기고 왔으니 시간은 모자라지 않을 것이라 여겼다.

그런데 일이 이렇게 돌아갈 줄은 몰랐다.

그렇다고 그에게 정보를 알려 준 카탈리나를 탓할 수도 없었다. 카탈리나에게 있어 이곳 로테르담은 머나먼 타지. 아무리 그녀라 해도 이런 타지의 풍습까지 세세히 알 수는 없지 않겠는가.

시슬란이 말했다.

"선박을 하나 수배하고 싶은데."

"배를…… 말이오?"

"그래. 그대의 소개를 통해 선박을 한 척 통째로 고용하고 싶다. 사례는 충분히 하도록 하지. 하지만 그만큼 능력 있는 선장과 충실한 항해사들이 모는 빠른 배라면 더욱 좋겠군. 닷새의 뱃길 거리 차이를 따라잡는 것은 만만치 않은 일이 될 테니까."

"흐음……."

정보 길드장은 단검으로 손톱을 다듬으며 생각에 잠겼다. 그리고 시슬란을 흘깃 쳐다봤다.

"비싼데, 괜찮겠소?"

그의 말은 거짓이 아니었다.

범선 한 척을 통째로 고용한다는 것은 실로 엄청난 거금이 필요한 일이었다. 선장을 포함한 수십에 달하는 선원의 인건비, 식량과 식수, 자재, 배의 유지비 정도만 계산해도 벌써 일반 서민이 평생 벌어도 불가능할 금액이 나왔다. 그럼에도 그 외의 자잘한 계산은 더욱 많았다.

한마디로 농담이 아닌 액수였다.

그 때문에 길드장은 시슬란이 그저 호기를 부리는 것으로 생각했다.

하지만 그의 생각은 틀렸다.

"이거면 되겠는가?"

시슬란이 품속에서 무언가를 꺼냈다.

그것은 고색창연한 작은 단검, 장미의 맹약이었다.

길드장이 고개를 갸웃거렸다.

"이게…… 뭡니까?"

그때였다.

츠즈즈즈…….

마치 만개한 붉은 장미처럼 검날이 붉은빛으로 물들어 갔다. 이윽고 붉게 피어난 기운은 허공에 하나의 영상을 쏘아 올렸다.

환상과도 같이 허공에서 모습을 드러낸 이는 다름 아닌 로젠 백작령의 여백, 카탈리나였다.

영상 속의 그녀가 차분하게 말했다.

[본 여백, 카탈리나 에스칸테 폰 로젠은 장미의 이름과 명예를 걸고 이 단검을 지닌 주인의 신분을 증명합니다. 또한 이분은 제 생명이 다하고 새로운 여백이 백작가를 통치하게 되는 날까지 본 가문의 전폭적인 후원을 받을 것임을 알리는 바입니다.]

담담하게 말을 마친 그녀의 모습은 다시 꺼지듯 허공으로 흩어졌다. 미리 장치되어 반복적으로 재생되는 마법적인 영상이었다.

　"……."

　잠시 침묵이 맴돌았다.

　꿀꺽.

　길드장의 목울대가 움직였다.

　'장미의 맹약? 이건 지, 진짜다……!'

　정보를 다루는 길드의 수장으로서 그는 이 단검이 진품임을 확신할 수 있었다.

　그럴 수밖에 없었다.

　장미의 맹약은 애초에 로젠 백작가의 여백으로부터 인정받은 자의 마나에만 반응하여 저런 영상을 보이게 만들어져 있었다. 훔쳐서 사용하는 것도, 모조품을 만드는 것도 불가능했다.

　그때 시슬란이 말했다.

　"그리 큰 금액은 아니지만 결제는 로젠 백작가에 서신을 넣으면 자동으로 이루어질 것이다. 그래, 이 정도면 충분한가?"

　길드장은 저도 모르게 황급히 대답했다. 아니, 아예 90도로 허리를 숙여 인사했다.

"언제나 정성으로 성심껏 모시겠습니다, 고객님."

그 순간 정보 길드장은 시슬란이 찾는 조건에 부합하는 최적의 배와 그 선장을 떠올리고 있었다.

*   *   *

36세의 해적 선장 블랙비어드는 일종의 강박증을 지닌 사내였다. 아니, 더 엄밀한 의미에서 말하자면 아주 순수한 속도광이었다.

그는 자신이 남보다 늦는 것을 죽는 것보다 싫어했다. 무엇을 하건 남보다 빨라야 직성이 풀렸다.

그것은 길을 걸을 때도, 말을 달릴 때도, 식사할 때도 그러했다. 그는 언제나 누구보다도 빨리 걸었으며, 누구보다도 빨리 말을 몰았고, 누구보다도 음식을 빨리 먹었다. 목욕할 때도, 잠이 들 때도, 아침에 일어날 때도, 옷을 입을 때도, 심지어 여자와 잠자리를 가질 때도 마찬가지였다.

그는 태어날 때조차도 남들보다 빨리 여섯 달 만에 모친의 배를 박차고 나와 세상의 공기를 마셨다. 그러고도 뻔뻔하게 건강히 살아남았다.

그의 속도 지향적인 삶은 거기서 그치지 않았다. 그는 세 살 적에 첫사랑의 열병을 앓았으며, 무려 일곱 살의 나이에 결혼과 이혼을 동시에 경험했다. 그리고 아홉 살이 되던 해에는 현상 수배 전단에 이름을 올려 버렸고, 불과 열여섯의 나이에 누구도 건드리지 못할 해적 선장이 되었다.

그런 그가 가장 좋아하는 말은 '빨리빨리'였다.

그가 가장 사랑하는 말 또한 '빨리빨리'였다.

그는 그런 사내였다.

그 때문에 그의 멋들어진 검은 범선, 블랙애로우(Black Arrow)호가 이곳 서북 항로에서 가장 빠른 배가 된 것은 어찌 보면 필연적이라 할 수 있었다.

당연했다. 그는 어떠한 선박도 자신의 앞을 항해하도록 내버려 두지 않았으니까.

그런 만큼 오늘 밤 그에게 들어온 의뢰는 그의 취향에 완전히 들어맞는 것이었다.

콰앙!

"정말이오? 서북쪽? 망각의 섬으로? 따라잡으라고?"

블랙비어드의 눈동자가 번들거렸다.

그 눈길을 받으며 시슬란이 고개를 끄덕였다. 그런데 그는 찜찜한 표정을 짓고 있었다. 하기야 이쪽에서 추적 의뢰를 말하자마자 선장이 약 먹은 종마처럼 흥분한 모습을 보였으니, 그가 찜찜함을 느끼는 것도 당연했다.

"크하하핫!"

뭐가 그리도 좋은지 블랙비어드가 요란하게 웃어젖혔다. 그리고는 곧바로 손을 뻗어 작은 종을 맹렬히 흔들었다.

딸랑딸랑!

종소리가 울린 뒤 채 세 번 호흡하기도 전에 선장실의 문이 벌컥 열렸다. 모습을 드러낸 이는 안대로 한쪽 눈을 가린 애꾸 항해사였다.

"선장님, 부르셨습니까?"

블랙비어드는 항해사가 들어오자마자 속사포처럼 입을 열었다.

"당장 닻을 올려라. 항로는 서북서. 목표 지점은 망각의 섬 부근이다. 대포는 필요한 만큼만 남기고 배에서 다 내려라. 식량과 물도 마찬가지. 귀항까지 일정은 한 달이다. 그 분량만 남기고 다 내려. 어서, 빨리빨리!"

"옙!"

애꾸 항해사는 일언반구의 되물음도 없이 곧바로 밖으로 달려 나갔다. 곧 선장실 밖 갑판에서 요란한 소리가 연달아 들려왔다. 선원들이 출항 준비를 서두르는 소리였다.

시슬란이 쓴웃음을 지었다.

"나는 아직 제안만 했을 뿐인데, 그대는 의뢰 조건 같은 것은 들어 보지도 않고 결정을 내리는가?"

그러자 블랙비어드가 시슬란을 마주 보며 씨익 웃었다.

무질서하게 곳곳에 박힌 그의 금니가 샛노란 램프 불빛을 반사했다.

"늦으면 안 될 것 같아서 말이오. 시간이란 금과도 같은 것이거든. 게다가 나는 남보다 빠른 것을 신조로 삼는 사내요. 그런 내가 무언가를 추월해 달라는 의뢰를 거절할 것 같소?"

그때였다.

벌컥!

선장실의 문이 다시 열렸다. 모습을 나타낸 이는 예의 애꾸 항해사였다. 그는 숨을 헐떡이며 시슬란마저도 놀랄 만한 말을 꺼냈다.

"준비 완료입니다, 선장."

"출항! 늦다. 빨리빨리!"

그의 명령이 떨어지기가 무섭게 블랙애로우호가 기우뚱 흔들리기 시작했다. 시슬란이 선장실 밖을 보니 이미 부두가 저만큼 멀어지고 있었다. 그 선장에 그 선원이라더니, 보고를 올리기도 전에 미리 출항을 감행해 버린 것이었다.

"허허……."

시슬란은 저도 모르게 실소를 흘리고 말았다.

이건 출발이 아니라 숫제 납치당한 기분이었다.

그러는 동안 블랙애로우호는 파도를 가르며 서북쪽을 향

해 화살처럼 질주하기 시작했다.

2

블랙애로우호의 항해는 순탄하게 이어졌다. 이 서북 항로 최고속의 범선은 그 명성에 걸맞은 엄청난 속도로 파도를 갈랐다.

그동안 시슬란은 거의 모든 시간을 홀로 지냈다. 그가 이 배의 해적 선원들에게 얼굴을 보이는 시간은 하루에 단 한 번, 해가 서쪽 수평선으로 석양을 드리우는 때밖에 없었다.

뱃머리 선수상에 올라선 시슬란은 깊은 심호흡을 했다.

그는 서쪽으로 눈길을 돌렸다.

해가 가라앉고 있었다.

수평선 아래로 이글거리며 가라앉고 있었다.

"……."

붉게 물든 바다, 주홍빛 가득한 하늘, 신비한 보랏빛으로 하늘 자락을 덮어 오는 구름, 그 아래를 미끄러지듯 노니는 신천옹까지……. 그 모든 것들이 한데 어우러져 가슴을 두근거리게 했다. 하늘과 바다와 영혼이 하나로 합쳐지는 듯한 착각이 일 정도였다.

원래 이곳 솔라리스의 태양을 싫어하는 그였다. 하지만
망망대해의 중심에서 보는 석양은 그다지 싫지만은 않았
다. 아니, 그것은 가슴이 벅차도록 아름다운 장관이었다.
그래서 그는 매일 같은 시간에 갑판에 올라갔다.

　그럴 때마다 해적 선원들은 멀찌감치 떨어져서 수군거렸
다. 대부분이 시슬란에 대한 이야기였다.

　"이번 의뢰인, 뭐하는 사람이랍니까?"

　"몰라. 생긴 걸로 봐서나, 분위기로 봐서나 귀족가의 자
제쯤 되지 않을까? 아니면 돈이 썩어나게 많은 집안의 자
식이거나."

　"그렇겠죠?"

　"아무렴. 그러니까 고작 제물 의식을 치르는 수송선을
쫓아가려고 배 한 척을 통째로 고용하지 않았겠나. 아마도
의식을 구경하려는 목적이겠지, 뭐."

　그들은 그렇게 시슬란의 신분과 목적을 마음대로 가늠하
고 있었다. 그러면서도 섣불리 시슬란에게 말을 걸어오거
나 하지는 못했다. 그가 지닌 특유의 기품이 해적들로 하여
금 그를 쉽게 대하지 못하게 하였기 때문이다.

　그래서였을까.

　어떤 선원들은 넌지시 불안감을 표출하기도 했다.

　"그런데 그거 알아? 이번 항로가 서북쪽으로만 이어진다

는 거?"

"예? 그거…… 망각의 섬 방향 아닙니까?"

"그렇지, 망각의 섬."

"아니, 선장님은 대체 어쩌자고 그 죽음의 섬 근처로 가는 의뢰를 수락하셨답니까?"

"난들 아나. 그래도 선장님께서 의뢰인에게 미리 언급하셨다는군. 만일 망각의 섬 근처에 가까이 갈 일이 생긴다면 주저 없이 배를 돌려 로테르담으로 돌아가겠다고."

"허, 그나마 다행이군요."

선원들은 그렇게 가슴을 쓸어내렸다.

항해는 계속 이어졌다.

순풍은 블랙애로우호를 밀어붙였고, 이 초고속의 범선은 북서양의 거센 파도를 경쾌하게 가르며 전진했다.

그동안 시슬란은 석양을 감상할 때를 제외하고는 대부분의 하루를 선실에서 보냈다. 그리고 그 시간을 오로지 자신에게만 투자했다.

"……."

시슬란은 품속에서 단검, 장미의 맹약을 꺼내 들었다.

그는 단검을 향해 정신을 집중시켰다.

츠즈즈즈……

일전에 정보 길드장에게 보였던 것과 같은 현상이 단검에서 일어나기 시작했다. 이내 만개한 장미와도 같은 붉은 빛이 서렸고, 허공에 카탈리나의 모습이 환영처럼 나타났다.

　　[본 여백, 카탈리나 에스칸테 폰 로젠은 장미의
　　이름과 명예를 걸고…….]

　거기까지 보던 시슬란은 집중을 풀었다.
　그러자 환영은 다시 먼지처럼 흩어졌다.
　동시에 시슬란의 몸에서 단검으로 유입되던 마나의 흐름도 끊어졌다.
　몸에서부터 단검을 향해 흐르는 소량의 기운.
　이것을 이곳 솔라리스 사람들은 분명…….
　"마나라고 했던가."
　그는 다시금 정신을 집중시켰다.
　츠즈즈즈…….

　　[본 여백, 카탈리나 에스칸테 폰 로젠은…….]

　집중을 풀었다.

허공에 떠오르던 환영이 즉시 사라졌다.

다시 집중해 보았다.

츠즈즈…….

    [본 여백, 카탈리나 에스칸테…….]

츠즈즈……!

    [본 여백, 카탈리나…….]

같은 과정을 계속 되풀이하였다.

마나는 매번 똑같은 양으로, 똑같은 경로로 움직여 단검 내부로 흘러갔다. 그는 마나의 경로를 관찰했다.

'혹시 마나의 이 흐름을 비틀 수 있을까.'

문득 자폭 마법을 준비하던 카탈리나의 모습이 떠올랐다. 그 당시 그녀 주위를 맴돌던 험악한 마나의 흐름이 떠올랐다.

만일 그러한 힘을 자신이 구사할 수 있다면, 어쩌면 해가 뜨는 낮에 루나리언으로서의 능력을 제한받는 약점을 극복할 수 있지 않을까.

그때부터 시슬란은 단검으로 흘러들던 마나의 흐름을 느

끼고 그 움직임에 간섭하려 애썼다.

　반응은 곧바로 나왔다.

　츠……츠츠—!

　　[본…… 여……백…… 카……탈…….]

　전과 달리 이번에 허공에 나타난 영상은 뚝뚝 끊어지듯
흘러갔다. 그러다가 꺼지듯 사라졌다.

　"……."

　시슬란은 잠시 눈을 깜빡거렸다.

　그저 루나티카에서 그림자를 움직이던 느낌 그대로 정신
을 집중했을 뿐이었다. 그런데 곧바로 반응이 돌아오니 작
은 놀라움이 느껴졌다.

　뜻밖에 이곳의 마나라는 기운은 그의 통제를 잘 따랐다.
그림자를 다루던 경험이 도움이 되는 것 같았다.

　'어느 정도는…… 가능할지도.'

　다시금 단검에 정신을 집중했다. 이번에는 흘러가는 경
로의 순서를 바꾸어 보았다.

　반응은 즉각적이었다.

　츠츠……츠……!

[폰 로젠은 명예를 걸고 장미의 이름과 카탈리나
에스칸테 본 여백······.]

이번에 나타난 영상은 순서가 뒤죽박죽되어 있었다.

사실 이것은 놀라운 현상이었다.

원래 장미의 맹약은 보안을 위해 마나 유입 방식을 절대
변경할 수 없도록 만들어져 있었다.

그런데 방금 시슬란은 그 보안 장치를 너무나 쉽게 주물
러 버렸다. 자신이 원하는 마나의 흐름을 단검에 강제적으
로 주입해 버린 것이었다.

만일 장미의 맹약을 만들어 낸 로젠 백작가의 시조, 대마
법사 칼리아 여백이 이 모습을 보았다면 경악으로 눈을 부
릅떴으리라.

하지만 시슬란은 자신이 어떠한 일을 벌였는지 전혀 알
지 못했다. 다만, 이 현상을 조금 더 연구하면 혹시 마법을
구사할 수 있지 않을까 하는 생각을 했을 뿐이었다.

'그럼 조금 다른 방식으로 비틀어 보면 어떨까.'

흥미를 느낀 시슬란은 밤이 새도록 마나의 흐름을 가지
고 놀았다.

블랙애로우호가 거친 북서양의 파도를 헤치고 전진하는

사이, 날짜도 쏜살같이 흘러갔다.

그동안 시슬란은 선실에서 여러 실험을 거듭했다.

마나의 양을 늘리거나 순서를 뒤집었다.

그럴 때마다 영상은 일그러지거나 방향과 순서가 뒤집혔다.

시슬란은 마나의 흐름과 성질을 몸에 익혀 갔다.

그렇게 며칠이나 지났을까.

문득 시슬란은 카탈리나가 마법을 준비하던 장면을 떠올렸다. 그 당시 그녀 주변에 휘몰아치던 마나의 흐름을 상기했다.

만일, 그와 같은 흐름을 단검에 집어넣는다면?

"……."

당시의 파괴적인 힘을 떠올리자 시슬란의 표정이 굳었다.

그는 장미의 맹약을 들었다. 혹시나 모를 사태에 대비하기 위해 자신의 그림자를 일으켜 주변을 보호했다. 그리고 마나를 통제하기 시작했다.

츠츠츠츠……!

그것은 예전과는 다른 흐름이었다.

시슬란의 내부에서, 그의 주변에서 소량의 마나들이 빠르게 회전하기 시작했다. 그리고 일거에 장미의 맹약 속으로 쏟아져 들어갔다.

그 순간이었다.

"안에 계시오?"

텅텅텅!

누군가가 밖에서 선실 문을 두드렸다.

갑작스러운 소리에 시슬란의 집중이 깨어졌다. 난폭하게
휘돌던 마나의 흐름은 통제력을 잃고 산들바람처럼 흩어졌
다.

이윽고 블랙비어드 선장이 문을 열고 나타났다. 그런데
그의 얼굴은 무척이나 상기되어 있었다.

"드디어 놈들을 따라잡았소."

그 한마디에는 짙은 흥분이 서려 있었다.

시슬란은 그를 따라 갑판으로 올랐다. 대양 한가운데의
뜨거운 햇살에 눈을 찌푸리며 선장이 가리키는 곳을 보았
다.

서북쪽 수평선 너머로 돛대 꼭대기가 언뜻언뜻 보였다.

분명 앞서 가고 있는 노예 수송선이었다.

블랙비어드가 시원한 웃음을 터뜨렸다.

"보시오, 놈들이오. 크핫하! 드디어 저놈들의 꽁무니를
손아귀에 잡아채기 직전이란 말이오. 그래, 이제부터는 어
쩌시겠소?"

사실 시슬란이 했던 의뢰는 '노예 수송선을 따라잡아 달라.'는 것까지였다. 그 뒤로 그가 바라는 일은 블랙비어드도 알지 못했다.

그 때문에 이 속도광 선장은 내심 시슬란을 오해하고 있었다. 500명의 노예가 바다에 수장되는 모습을 구경하려는 별난 부잣집 도련님 정도로.

그래서였을까.

시슬란의 대답이 나왔을 때, 블랙비어드는 자신의 귀를 의심해야 했다.

"이대로 추격해서 저들의 항해를 저지한다."

"뭐…… 뭐요?"

블랙비어드가 눈을 치떴다. 그는 자신의 귀를 의심하지 않을 수 없었다. 저지? 저지라면, 해적이 상선을 노략질하기 직전에 벌이는 바로 그거?

다음 순간, 블랙비어드가 느낀 것은 분노였다. 과연 빠른 사내답게 그는 감정의 전환도 남다르게 빨랐다.

"이보쇼."

"……."

"아무리 농담이라도 지켜야 할 선이 있는 거요. 보아하니 내 배를 이용해서 객기 좀 부려 보려는 것 같은데, 장난도 정도껏 치시란 말이오."

블랙비어드는 예의 능글맞은 웃음을 싹 버렸다.

하지만 시슬란의 대답은 여전히 담담했다.

"객기가 아니다."

"그럼 뭐요? 하여간 귀족가의 자제들은 전부 이런 모양에 정신머리…….'

"저 노예 중에 내 수하가 있다."

"으음?"

블랙비어드가 흠칫했다.

시슬란의 말이 이어졌다.

"제물을 바치는 의식이 시작되기 전에 그 수하 한 사람만 찾으면 된다. 그때까지 그대는 약간의 무력과 강압을 통해 저들의 항해를 멈추어 주었으면 한다. 목적만 이루면 곧바로 로테르담으로 돌아가겠다고 약속하지."

"허! 그럼 그 말을 한마디로 요약하자면, '오늘 해적질 좀 하자.', 이 말이 맞소?"

시슬란은 쓴웃음을 짓고 말았다.

"듣고 보니 그도 그렇군."

"…….'

블랙비어드는 잠시 생각에 잠겼다. 아무래도 시슬란의 말은 거짓이 아닌 것 같았다. 그의 고민은 길지 않았다. 그는 빠른 결정을 내렸다.

"좋소. 대신 추가 수당이 필요할 것 같은데? 로테르담에 도착하는 즉시 공용 화폐로 오천 페니, 어떻소?"

"얼마든지."

결정을 내리자마자 블랙비어드는 갑판을 돌아보았다. 선장의 날카로운 외침이 선원들의 정신을 일깨웠다.

"주목!"

깜짝 놀란 선원들이 반사적으로 자세를 바로 하였다.

블랙비어드의 명령이 떨어졌다.

"수석 항해사!"

"예, 캡틴."

예의 애꾸 항해사가 한 걸음 앞으로 나왔다.

"이대로 저 뒤룩뒤룩 둔해 빠진 수송선을 데리고 논다. 오랜만에 뻐근하게 즐겨 보자. 항로 유지하고 전속 항해! 포장 불러서 발포 준비시켜라. 타륜은 내가 직접 잡는다. 빨리빨리! 실시!"

"실시—!"

명령과 복창이 동시에 이루어졌고, 선원들은 몸이 부서져라 바삐 움직이기 시작했다. 블랙비어드가 타륜을 잡으며 시슬란을 돌아봤다.

"이만하면 됐소?"

"훌륭하군."

그때였다.

티잉! 디잉!

선체 앞쪽에 달린 삼각돛, 지브(Jib)에서 돌연 맑고 무거운 진동음이 울리기 시작했다. 지브를 지탱하고 있는 밧줄, 지삭이 돛에 가해지는 풍압에 의해 진동하며 소리를 냈다. 보이지 않는 거대한 손이 이 범선의 돛대를 하프로 삼아 웅장한 연주를 시작한 것만 같았다.

블랙비어드가 환호했다.

"최고 속력이다! 바다의 신이 우리의 배를 연주하고 계신다! 애들아! 더 힘내라! 빨리빨리! 깃발을 올려라! 함성을 올려라! 칼을 들어라!"

"와아—!"

선원들이 일제히 함성을 내질렀다. 메인마스트 위로 삼각 깃발을 내걸었다. 검은 바탕에 백골과 두 자루의 커트라스가 교차로 그려진, 해적 특유의 깃발이었다.

블랙애로우호는 전에 없던 속력으로 파도를 가르고 대양을 질주하기 시작했다. 그 놀라운 전속 항진에 시슬란마저도 감탄했을 정도였다.

그는 보이지 않게 주먹을 쥐었다.

'아리안, 조금만 기다려라.'

시슬란은 바삐 뛰어다니는 선원들 사이를 지나 뱃머리에

우뚝 섰다.

노예 수송선과의 거리가 시시각각 좁혀졌다. 블랙애로우호가 포격을 준비했다. 물론 낌새를 눈치챈 수송선 선원들도 바삐 움직이며 전투에 대비하고 있었다.

덜컥! 덜컥!

블랙애로우호와 세 척의 노예 수송선이 거의 동시에 선체 옆구리의 포창을 열었다. 시커먼 포신이 연달아 머리를 내밀었다.

이윽고 첫 포성이 울렸다.

"초탄! 발포!"

콰아아아—앙!

블랙애로우호의 우현에서 20문의 대포가 불을 뿜었다. 동시에 노예 수송선에서도 포성을 터뜨렸다. 맞서 포격을 감행한 것이었다.

양쪽 진영 사이의 허공을 검은 무쇠 포탄들이 가로질렀다. 씨줄과 날줄이 교차하며 파괴의 천을 엮었다.

좌아악! 퍼엉!

수송선에서 날린 포탄이 블랙애로우호 바로 옆에 떨어졌다. 물기둥이 솟구치며 갑판 위로 물벼락이 쏟아져 내렸다. 충격으로 배가 출렁였다.

"이크! 어쭈? 쪽수를 믿겠다, 이거지?"

블랙비어드 선장의 입가에는 호전적인 웃음만이 가득 피어 있었다.

그는 두 번째 포격을 명령하려 했다.

그 순간이었다.

"으음?"

선장이 멈칫했다.

그가 바라보는 곳, 가장 위험한 뱃머리에 시슬란이 서 있었다.

블랙비어드의 눈이 휘둥그레졌다.

'저런, 미친?'

그가 외쳤다.

"거기서 뭐하는 거요! 댁이 죽으면 의뢰비는 누구한테 받으라고!"

그제야 시슬란이 그를 돌아보았다.

이상하게도 시슬란의 표정에는 다급함이라곤 일절 보이지 않았다. 오히려 정체 모를 여유로움만이 가득했다.

"잠시 다녀오도록 하지. 혹여 내가 사라지더라도 놀라지 말고 계속 전투를 수행하고 있도록."

그때 또 한 발의 포탄이 날아왔다.

촤학!

커다란 물기둥이 솟아났다. 그러자 물기둥 그림자가 뱃

머리를 뒤덮었다. 시슬란이 서 있던 지점이었다.

그 순간, 시슬란의 모습이 그림자 속으로 녹아들 듯 사라졌다.

"어엇……?"

블랙비어드가 눈을 부릅떴다.

하지만 그는 시슬란의 모습을 뱃머리에서 찾을 수 없었다.

혹시 물벼락에 휩쓸려서 바다에 빠진 걸까.

놀란 선장이 달려가 뱃전 아래로 고개를 내밀었다.

시슬란은 보이지 않았다.

'뭐지? 마법사였나?'

그때였다.

촤아아악!

또다시 날아온 포탄이 선장에게 물벼락을 쏟아 부었다.

"어흡! 어푸푸!"

그 서슬에 블랙비어드의 정신이 번쩍 들었다.

그렇다.

여기는 생과 사가 엇갈리는 싸움터가 아닌가.

"계속 싸우며 믿어 보라고? 그래, 일단은 그 말을 따라주지. 대신 의뢰비는 더욱 철저히 받아 주겠어."

타륜을 쥔 선장의 두 손이 바삐 움직였다.

3

한편, 시슬란은 곧바로 수송선에 다가갔다.

그는 수송선의 침로로 끼어들어 따개비가 가득 붙은 배 옆구리를 박차고 솟구쳤다.

그가 포창을 연이어 밟고 도약해 난간을 뛰어넘은 것은 그야말로 순식간의 일이었다.

수송선의 어느 선원이 눈을 휘둥그렇게 떴다. 그는 자신이 본 것을 믿을 수가 없었다. 왜 아니겠는가. 바다 한가운데에서 난데없이 사람 하나가 불쑥 솟아 나타났는데.

하지만 그 선원은 시슬란의 등장을 동료에게 제때 알리지도 못했다.

빠각!

턱을 얻어맞은 그는 그 자리에 벌러덩 쓰러지고 말았다.

"……크억!"

비명이 뒤늦게 터졌다. 근처 다른 선원들의 시선이 반사적으로 집중되었다. 그제야 선원들은 자신들의 배에 불청객이 찾아왔다는 사실을 깨달았다.

"침입자다!"

"어, 어떻게 배에 오른 거지?"

선원들이 시슬란을 에워쌌다.

하지만 정작 포위를 당한 시슬란은 눈살을 찌푸릴 뿐이었다.

'지금이 밤이었더라면…….'

만일 그랬다면 이처럼 번거롭게 움직이다가 선원들의 눈에 띌 일도 없었을 것이다.

하지만 어쩌겠는가.

아리안이 처한 위험과 고초를 생각하면 한시도 더 지체할 수 없었다.

그는 움직였다.

스륵, 뻐어억!

"크윽!"

시슬란의 모습이 흔들린다 싶은 순간 한 사람이 얼굴을 싸쥐고 쓰러졌다.

뻑! 뻐벅! 빠각!

"크억!"

"악!"

"내 팔……!"

시슬란은 선원들 사이를 종횡무진 누볐다. 이곳 수송선 선원 중에는 특별히 검술이나 격투를 연마한 사람이 없었다. 그저 완력만을 믿고 덤비는 덩치들뿐이었다. 그들은 결코 시슬란을 막지 못했다.

시슬란은 즉시 갑판 아래 선창으로 내려가서 출입구를 내리 닫고 단단한 걸쇠를 걸어 잠가 버렸다.

선창 내부에 어둠이 내렸다.

"네놈은 또 뭐야?"

"누구냐!"

선창에 있던 이들이 고함을 질렀다. 그런데 그들 곁으로는 방금 막 불길을 뿜어낸 대포가 줄지어 있었다. 이곳은 수송선의 포대였던 것이다.

태양빛이 닿지 않는 곳.

시슬란은 대답 대신 그림자를 일으켰다.

샤아아아……!

선창 내부 가득 피어난 그림자가 대포를 밀어 넘어뜨리고 선원들을 결박했다.

"으……으으읍! 으읍!"

곳곳에서 선원들이 발버둥 쳤다. 하지만 시슬란은 그들을 무시하고 선창의 아래쪽 층계로 내려갔다.

바로 아래층엔 선원들의 선실이 있었고, 한쪽에는 식량과 식수 등이 저장되어 있었다.

다시 아래쪽, 수송선의 가장 밑바닥 층계로 내려간 그는 그곳에서 원하던 것을 찾을 수 있었다.

"······."

기다란 복도 양쪽으로 나무 창살이 이어져 있었다. 마치 지하 감옥과도 같은 구조였다. 그 안에는 손발이 묶인 노예들이 가득했다. 그 숫자만 자그마치 백 명이 넘었다.

시슬란은 중앙의 복도를 걸으며 노예들을 살폈다. 아리안을 찾고자 함이었다.

"아리안, 혹시 여기에 있는가? 들리는가? 내가 왔다. 너의 주인이 너를 찾아 이곳까지 왔다."

하지만 돌아오는 대답은 없었다. 노예들은 하나같이 멍한 눈빛으로 그를 마주 볼 뿐이었다.

그러던 어느 순간이었다.

휘릭, 촤아아악—!

돌연 찢어지는 듯한 파공성이 날아들었다.

반사적으로 팔을 들어 올렸다. 팔뚝에 기이한 뼈 채찍이 휘감겼다.

시슬란의 시야가 채찍이 날아온 곳을 향했다.

다음 순간, 놀랍게도 눈앞을 덮쳐 온 것은 새하얀 실루엣, 움직이는 해골 병사였다.

달그락!

"······!"

시슬란은 반사적으로 몸을 틀었다. 그렇게 만들어진 공간으로 꼬챙이 같은 뾰족한 검이 스쳐 지나갔다. 간발의 차이. 조금만 늦었다면 가슴에 구멍이 뚫렸으리라.

그 짧은 순간, 시슬란은 자신을 공격해 온 해골 병사를 보며 의아함을 느꼈다.

'스켈레톤……인가?'

로젠 백작가 도서관에 있던 몬스터 도감에서 본 기억이 났다. 하지만 도감에서는 스켈레톤의 능력을 하찮게 묘사하고 있었다.

그런데 눈앞의 해골 병사는 달랐다.

쉬익! 쉬칵!

해골 병사의 뾰족한 검이 쉴 새 없이 시슬란의 급소를 노렸다. 전광석화, 독 오른 살무사 같은 움직임이었다. 동시에 그것은 백작가 야니카의 것보다도 더욱 날카로운 공격이었다.

게다가 시슬란의 팔을 휘감은 뼈 채찍은 시시각각 그의 살갗을 파고들고 있었다. 이대로 내버려 두었다간 팔뚝이 부러지고 말 것 같았다.

쉬리릭!

검이 재차 날아들었다.

그때, 시슬란의 눈이 번득였다. 고개를 숙였다. 검이 스쳐 지났다. 놈이 채찍을 잡아당겼다. 오히려 그 힘을 더욱 살려 발을 내디뎠다. 해골 병사의 품으로 뛰어들어 놈의 가슴뼈에 손을 얹었다. 그림자를 일으켰다.

빠가각! 퍼석!

해골 병사는 그 자리에서 일격에 폭발하듯 박살 나고 말았다. 새하얀 뼛가루와 조각들이 사방에 날렸다.

"후우……."

시슬란은 숨을 몰아쉬었다. 그만큼 방금 그가 상대한 해골 병사는 만만한 상대가 아니었던 것이다.

문득 의문이 들었다.

'대체…….'

이 수송선에 무엇이 있기에 저런 강력한 마물을 가드(Guard)로 두었단 말인가. 고작 노예를 감시하기 위해서? 그렇다고 보기엔 석연찮은 구석이 너무나 많았다.

시슬란은 혹시나 하는 생각에 다시 한 번 노예들을 살펴보았다. 그러다가 이상한 점을 알아챘다.

"……."

노예들은 하나같이 지나치게 멍한 눈초리를 하고 있었다. 표정 또한 그러하였다. 마치 이지를 상실한 사람 같았다.

시슬란의 표정이 살짝 찡그려졌다.

'약물? 아니다. 이들의 마나가……'

노예들의 몸에서 느껴지는 마나의 흐름이 이상했다. 정상적인 사람의 것과는 너무나 달랐다. 이들의 몸에서는 무언가 사람을 오싹하게 하는 음습한 기운이 느껴졌다. 찜찜하면서도 불길했다.

하지만 더는 시간을 지체할 수 없었다. 이곳에는 아리안이 없었다. 그것만은 확실했다.

그는 발길을 돌려 선창에서 올라왔다. 그리고 포실을 지나 아까 닫아걸어 두었던 갑판 출입문을 박살 냈다.

콰아앙—!

나뭇조각이 흩날리고, 그 사이로 시슬란이 솟구쳤다.

마침 문을 열기 위해 끙끙거리고 있던 선원이 뒤로 벌러덩 넘어졌다.

누군가가 외쳤다.

"놈이다!"

하지만 그때 이미 시슬란은 갑판을 지나 메인마스트 기둥을 박차고 있었다.

휘릭, 탁!

돛대 꼭대기의 망루에 올라선 시슬란은 일단 상황을 살폈다.

"……흐음."

가장 먼저 보인 것은 블랙애로우호였다. 이 서북 항로 최고속의 범선은 삼 대 일의 수적 열세를 극복하기 위해 온 힘을 다해 분투하고 있었다.

덕분에 대체로 상황은 팽팽했다.

"나도 조금은 도와야겠군."

시슬란이 중얼거리는 순간이었다.

피잉, 타악!

볼트 한 발이 그의 얼굴을 스치고 돛대에 박혔다. 아래로 시선을 내려 보았다. 석궁을 든 선원들이 보였다.

"쏴!"

피피핑!

볼트가 날아들었다.

하지만 시슬란은 그걸 고스란히 맞아 줄 생각이 없었다.

그는 망루 난간을 박차고 뛰어내렸다. 그리고 메인마스트와 뒤쪽 돛대를 잇는 굵은 밧줄을 향해 손을 뻗었다. 돛대 전체의 장력을 감당하는 가장 질긴 밧줄, 지삭이었다.

터억!

지삭을 움켜잡았다.

그 순간 아래에서 쏘아붙인 볼트가 날아들었다. 바로 그때, 시슬란의 한 손이 품에서 단검, 장미의 맹약을 꺼냈다. 그리고 단숨에 지삭을 베었다.

찌아아악!

불길한 소리와 함께 지삭이 끊어졌다.

피이잉—!

지삭이 거대한 용수철이 튀듯 허공으로 솟구쳤다. 시슬란의 몸도 함께 솟구쳤다. 허공에 장대한 포물선이 그려졌다.

"어어억?"

선원들의 입이 딱 벌어졌다.

하늘 높이 솟구쳤던 시슬란이 밧줄을 타고 시계추처럼 그들을 향해 쇄도해 오고 있었다.

그 속도는 상상 이상으로 빨랐다.

촤아아악!

시슬란이 곁을 스쳐 지나간 순간, 선원들의 손에 들려 있던 석궁이 모조리 반으로 쪼개졌다. 그런데 쪼개진 것은 석궁뿐만이 아니었다.

피피피핑—!

시슬란이 지나간 궤적에 있던 모든 밧줄이 끊어져 성난 뱀처럼 사방으로 튀어 올랐다. 그 대부분이 수송선의 돛을 지탱하던 것들이었다.

결과는 치명적이었다.

"피, 피해!"

밧줄에 얻어맞은 선원들이 곳곳에서 쓰러졌다. 끊어져 흘러내린 돛이 갑판을 온통 뒤덮었다.

갑판 위의 선원들은 일대 혼란에 빠져들고 말았다. 그 탓에 갑판에 내려선 시슬란이 선장을 베어 버리고 타륜을 강탈하는 것을 방관할 수밖에 없었다.

시슬란의 손이 타륜을 힘차게 돌렸다.

동시에 수송선이 우현을 향해 급선회를 시작했다. 또 다른 노예 수송선이 있는 방향을 향해서였다.

그제야 선원들은 시슬란의 의도를 파악했다.

"저, 저, 미친놈이!"

"막아! 무조건 막아!"

선원들이 달려들었다. 하지만 그들의 대응은 늦었다. 이미 배의 방향을 다시 돌릴 기회가 남아 있지 않았으니까.

결과적으로 그들의 수송선은 제 동료의 옆구리를 향해 돌진하고 말았다.

누군가가 외쳤다.

"부, 부딪친다!"

그 직후.

콰아아아앙—!

뱃머리와 다른 수송선의 옆구리가 부딪쳤다. 두 선박이 요란하게 들썩였다. 나무 파편이 사방으로 튀었다. 양측 선박에 있던 모든 사람이 충격을 이기지 못하고 넘어져 바닥을 나뒹굴었다.

하지만 거기에도 단 하나의 예외가 있었다.

탁.

깃털처럼 가뿐하게 갑판에 내려선 이는 바로 시슬란이었다.

"……."

시슬란은 쓰러진 선원들 사이를 유유히 지났다. 그리고 두 선박이 들이받은 지점을 통해 태연하게 다음 수송선으로 옮겨 탔다. 그는 누구의 방해도 받지 않고 선창으로 내려갔다.

*　　　*　　　*

"어허헛?"

같은 시각, 호쾌하게 타륜을 돌리던 블랙비어드가 실소를 터뜨렸다. 너무나 황당한 일이 눈앞에서 벌어졌기 때문이다.

아까는 수송선 한 척의 포대가 갑자기 침묵하더니, 이제는 놈들끼리 알아서 서로 충돌해 버렸다. 너무나 의외의 사태였던지라 노련한 블랙비어드조차 잠시 눈을 끔벅거렸을 정도였다. 하지만 어쨌건 그 덕에 셋이었던 적은 하나로 줄어 버렸다.

원래 노예 수송선은 자체적으로 화력을 갖추긴 했지만 기동성이 많이 떨어졌다. 적재하고 있는 물자와 사람이 많아 무거웠기 때문이다. 그럼에도 블랙애로우호와 팽팽하게 대치할 수 있었던 것은 수적 우위 덕분이었다.

그런데 그 유리한 점이 갑자기 사라졌다.

이를 간파한 블랙비어드 선장이 외쳤다.

"좌현! 발포 준비!"

촤라라락!

타륜이 오른쪽으로 힘차게 돌아갔다. 블랙애로우호가 파도를 가르고 잽싸게 우현으로 기동했다. 자연히 블랙애로우호의 좌측 포열이 남은 한 척의 수송선을 향해 포문을 열었다.

"발포!"

20문의 대포가 화염을 토해 냈다.

퍼퍼퍼펑!

날아간 포탄이 수송선을 위협했다. 그들도 나름대로 반격했지만 블랙애로우호의 빠른 기동성을 감당할 수는 없었다. 하나 남은 수송선은 급격히 열세에 내몰리고 말았다.

"크하하핫! 불쌍한 놈들!"

크게 웃으며 블랙비어드 선장이 타륜을 돌렸다. 하지만 그러면서도 그는 한편으로 찜찜함을 느끼고 있었다.

'왜 도망가지 않지?'

상황이 이쯤 되면 남은 두 척이 있건 말건 멀쩡한 놈은 줄행랑을 놓는 것이 정석이다. 그것이 해적의 습격을 받는 선박들이 보이는 보통의 반응이었다. 그런데 남은 한 척의 저 수송선은 이상하게도 끝까지 도망칠 기색을 보이지 않고 있었다.

마치, 무언가 믿는 구석이 있는 것처럼.

그러던 어느 순간이었다.

뿌우우우우우…….

낮고도 중후한 소리가 수송선에서 들려오기 시작했다.

호른 소리였다.

"으음?"

전투 중에 난데없이 호른을 불다니, 선장은 저들의 의중을 파악할 수 없었다. 게다가 자세히 보니 놈들은 돛대 위에서 커다란 깃발을 교차로 흔들고 있었다.

문득 불길한 느낌이 들었다.

그때였다.

"서, 선장님?"

곁의 애꾸 항해사가 그를 불렀다.

블랙비어드의 고개가 애꾸 항해사의 시선을 따라갔다.

"대체 무슨 일로 그토록 호들갑을⋯⋯."

그 순간 선장의 입이 절로 닫혔다.

그가 바라보는 곳, 그곳에서는 믿을 수 없는 현상이 벌어지고 있었다.

선장이 중얼거렸다.

"마, 맙소사⋯⋯. 저게 대체 뭐지?"

고오오오오⋯⋯.

새하얀 안개가 하늘과 바다를 온통 뒤덮으며 이곳 해역으로 몰려오고 있었다. 그 안쪽에는 믿기지 않을 정도의 음습한 기운이 가득했다.

그것은 결코 자연적인 현상이 아니었다.

블랙비어드는 가슴이 두근거리는 불길함을 느꼈다.

그러는 사이, 안개는 어느덧 한 지점을 향해 모여들기 시작했다. 그렇게 밀집되며 하나의 형태를 이루어 갔다.

"저, 저거⋯⋯!"

"대체 뭐지?"

초월적인 광경에 선원들이 동요했다.

이윽고 안개가 뭉쳐서 만들어 낸 것은 블랙애로우호보다도 두 배는 큰 붉은색 괴범선이었다.

촤아아악!

모습을 드러낸 붉은 괴범선이 미끄러지듯 바다 위를 움직였다. 그런데 그 아래의 파도는 전혀 갈라지지 않았다. 괴범선이 움직이는 경로를 따라 자연스럽게 일어나야 할 물결조차도 일지 않았다. 마치 얼음 위를 유려하게 미끄러지는 것 같은 기이한 움직임이었다.

그래서였을까.

괴범선은 거대한 덩치에도 너무나 빨랐다.

철컥! 철커덕!

붉은 범선의 포창이 열렸다. 포열만 무려 세로로 5층에 한쪽 측면의 대포만 총 300문에 달하는 엄청난 숫자. 가히 바다 위의 요새라고 불러도 될 법한 위용이었다.

그런데 그 모든 포신은 오로지 하나의 표적, 블랙애로우호를 겨누고 있었다.

그걸 본 블랙비어드 선장의 눈꼬리가 떨렸다.

"설마……?"

오한이 돋았다.

그는 선원들에게 몸을 숙이라고 외치려 했다.

하지만 적은 그에게 그 잠시의 틈도 주지 않았다.

퍼퍼퍼펑—!

괴범선의 대포 300문이 일제히 불길을 뿜었다. 난폭한 쇳덩어리 300개가 일제히 블랙애로우호를 덮쳐 왔다.

쑤우웅, 콰아아앙—!

격렬한 폭발.

블랙애로우호의 거대한 몸체가 통째로 흔들렸다. 나뭇조각과 파편이 솟구쳤다. 보이지 않는 충격파가 선원들을 넘어뜨렸다. 혹은, 날려 버렸다.

"아악!"

블랙비어드 선장도, 애꾸 항해사도, 나머지 선원들도, 시슬란을 제외한 모두가 충격을 이기지 못하고 넘어졌다.

누군가가 반사적으로 외쳤다.

"포, 포격이다!"

"엎드려!"

그것이 시작이었다.

쒸잉, 콰아아앙—! 쾅!

블랙애로우호의 주위로 무수한 포탄이 비처럼 쏟아졌다.

그랬다.

그것은 정말로 포탄의 소나기였다.

"빌어먹을! 당황하지 마라! 응사! 응사하라!"

블랙비어드의 명령에 선원들이 필사적으로 포신을 돌렸다. 하지만 그들이 막 화약에 불을 붙이려는 찰나였다.

"······!"

비정하게 날아온 포탄 다발이 정확히 포대를 강타했다.

콰아앙―! 콰지직!

블랙애로우호의 포대는 삽시간에 침묵하고 말았다.

그 뒤에 이어진 것은 하늘을 새까맣게 덮어 오는 포탄의 비였다. 그 압도적인 화력의 차이에 블랙비어드 선장이 눈을 부릅떴다.

"마, 맙소사……."

포탄이 쏟아져 내렸다.

난간이 부서지고, 돛대에 포탄이 틀어박혔다. 배 전체가 신음했다. 선원들은 우왕좌왕했다. 갑판은 순식간에 아비규환이 되었다.

불과 몇 분 전까지만 해도 날렵한 위세를 뽐내던 블랙애로우호였다. 하지만 이제는 붉은 괴범선의 일제사격 몇 번에 만신창이가 되어 가고 있었다.

블랙비어드가 발악하듯 호령했다.

"침로를 돌려! 피격 상황 보고해! 이 자식들아! 당황하지 말고……!"

그때였다.

콰앙, 빠지직!

날아온 포탄이 선미루 난간을 박살 냈다. 나무 파편이 블랙비어드를 후려쳤다. 순식간에 시야의 절반이 피로 붉게 물들었다.

"컥!"

블랙비어드는 그만 갑판에 털썩 주저앉고 말았다. 머리에 받은 충격 때문인지 주변 사물 모두가 멍하게 보였다.

두근…… 두근…….

소리도 들리지 않았다. 오직 불규칙한 심장박동 소리만 커다란 종소리처럼 머릿속으로 울렸다. 눈앞에서 휙휙 날아다니는 포탄과 파편, 그리고 쌓여 가는 선원들의 주검이 마치 꿈속의 일처럼 멍하게 보였다.

"선장님! 방향타가 부서졌습니다!"

"어서 대응사격을……!"

"안 됩니다! 포대가 이미……!"

"아악! 내 다리! 내 다리이―!"

문득 시선을 돌려 보았다.

미끄러지듯 바다 위를 움직이는 붉은 괴범선이 보였다.

대체 저 범선은 어떤 놈들이 모는 배일까. 어떻게 저렇게 움직일 수 있는 걸까. 아니, 그보다도 안개가 뭉쳐서 배로 변하다니, 혹시 유령선일까? 아무리 그래도 이건 정말이지 대체…….

그사이 붉은 범선은 또다시 이쪽을 향해 옆구리를 보이고 있었다.

"어, 엎드려……!"

누군가가 비명처럼 외쳤다.

아까처럼 소나기 같은 포격을 다시 한 번 당한다면 이제
는 살아날 도리가 없었다.

퍼퍼펑—!

연달아 울리는 폭음과 잔인한 연기.

그리고…… 하늘을 새까맣게 뒤덮으며 날아오는 포탄의
소나기.

히죽.

블랙비어드는 웃었다.

그냥, 웃음이 나왔다.

이제는 끝이구나, 하는 생각이 들었다.

그렇게 블랙비어드 선장은 부서져 가는 자신의 배와 선
원들을 바라보며 체념에 사로잡혀 가고 있었다.

누군가가 바로 앞에 우뚝 서기 전까지는.

8장.

망각의 섬에 상륙하다

1

따가운 정오의 햇살.

갑자기 그것이 가려졌다.

누군가가 바로 앞에 서서 얼굴에 그림자를 드리웠기 때문이다.

블랙비어드는 멍한 시선을 들어 위를 보았다.

그곳에는 어떤 사람이 뒷모습을 보이며 서 있었다.

그런데 그는 블랙애로우호의 선원이 아니었다. 휘하의 간부도 아니었다.

'누구……?'

흐릿해진 뇌리로 생각했다.

겨우 떠올랐다.

아아, 그래. 젊은 의뢰인. 미끈하게 생긴.

"큭큭……."

블랙비어드가 히죽 웃었다.

그때였다.

시슬란이 붉은 범선을 향해 한 팔을 앞으로 내뻗었다.

"……."

그는 조금 전까지만 해도 수송선 선창에서 아리안을 찾고 있었다. 하지만 허사였다. 그곳에도 아리안은 없었다. 그러다가 문득 외부에서 다가오는 강력하고 음습한 마나의 흐름을 느꼈다.

그는 즉시 수송선 갑판 위로 올라왔고, 블랙애로우호를 짓밟는 거대한 괴범선을 볼 수 있었다. 그리고 바로 지금, 이곳 갑판으로 돌아온 것이었다.

쒸아아악—!

포탄의 소나기가 시시각각 맹렬히 거리를 좁혀 왔다.

시슬란의 동공이 수축했다.

샤아아아……!

메인마스트의 그늘에 버티고 선 시슬란의 주위로 맹렬한 기세의 그림자가 일어섰다. 그리고 블랙애로우호의 주위에도 장막을 드리웠다.

쩌저저정—!

포탄이 그림자에 부딪혔다.

"……!"

시슬란의 어깨가 들썩였다. 그림자에 가해진 막대한 물리적 충격이 그에게도 영향을 끼친 것이었다. 하지만 덕분에 블랙애로우호는 무사할 수 있었다.

푸확! 촤하학.

블랙애로우호의 좌우에서 수 미터의 물기둥이 연달아 솟구쳤다.

물기둥은 물벼락이 되어 갑판 위로 쏟아지며 선원들의 머리를 적셨다. 멍해져 있던 블랙비어드 선장의 정신을 일깨웠다.

"크, 크윽! 대, 대체?"

블랙비어드 선장이 가까스로 몸을 일으켰다. 그는 방금 자신이 두 눈으로 본 것을 믿을 수가 없었다.

'세, 세상에! 저 포격을 막아냈어?'

지금 그의 눈에 시슬란은 이제 부잣집 도련님으로 보이지 않았다.

"호…… 혹시, 고명한 마법사이셨소?"

하지만 블랙비어드는 자신의 추측이 틀렸음을 알 도리가 없었다.

시슬란은 대답하지 않았다. 대신 붉은 괴범선을 바라보며 짧게 한마디 했을 뿐이었다.

"당장 대책을 마련하지 않으면 모두가 물귀신이 될 텐데?"

"……."

그의 말은 옳았다.

이미 블랙애로우호는 선박의 기능을 상실하고 있었다. 선창 밑에서 선원들의 비명이 들려왔다. 그중에는 침수를 알리는 다급한 음성도 있었다.

블랙비어드는 직감했다.

이대로 당하기만 한다면 이 배는 침몰하리라.

그의 판단은 빨랐다. 이어진 고민과 결단 또한 빨랐다.

그는 수하들을 독려하며 외쳤다.

"멀쩡한 놈들은 일어서! 침수를 막아라. 성한 돛을 최대한 펼쳐라. 해역을 이탈한다. 빨리빨리. 서둘러!"

그러면서 그는 원한 어린 눈초리로 붉은 괴선박을 노려보았다. 죽어서도 이 치욕을 잊지 않겠다는 듯이.

한편, 시슬란은 내색지 않았지만 급격한 탈진을 경험하고 있었다.

"……."

방금 포탄 세례를 막아낸 것은 그로서도 무리한 일이었

다. 만일 밤이었더라면 이야기가 달랐겠지만, 지금은 어디까지나 해가 떠 있는 낮이었다.

그 탓에 시슬란은 단 한 번의 방어를 위해 거의 모든 힘을 소진하고 말았다.

그사이 붉은 괴범선은 다음 포격 준비를 끝마쳤다.

철걱, 철걱.

포창이 일제히 열렸다.

그걸 보며 시슬란은 직감했다.

저걸 막고만 있다가는 다 죽는다. 획기적인 방법이 필요하다. 그건 바로…….

스치듯 떠오른 어떤 생각.

그 직후 시슬란은 블랙애로우호의 선미를 향해 뛰었다.

괴범선이 포를 쏘아붙였다.

퍼엉! 퍼어엉—!

또다시 300발의 마나 포탄이 공기를 가르고 광포하게 쇄도해 왔다.

동시에 시슬란이 품속에서 단검을 뽑았다.

장미의 맹약이었다.

그는 카탈리나가 시도하던 자폭 마법의 마나 흐름을 떠올렸다.

그의 주변에서 서서히 마나의 흐름이 사나워지기 시작했

다. 시슬란의 팔다리를 통해 단검, 장미의 맹약 속으로 난폭한 기류가 스며들었다.

쑤욱, 퍼어어어어엉—!

소량의 마나가 엄청난 기세로 증폭되어 단검이 가리키는 배 뒷전을 향해 폭발했다. 폭발력은 시슬란을 단숨에 날려 버렸다. 또한, 블랙애로우호의 돛에 엄청난 압력을 선사했다.

촤아아악!

순간적인 가속!

블랙애로우호는 폭발력에 힘입어 앞으로 쑥 밀려나듯 움직였다. 덕분에 간발의 차이로 괴범선의 포격 범위에서 몸을 빼낼 수 있었다.

콰직! 빠가각!

블랙애로우호는 옆구리에 서너 발의 포탄을 맞으면서도 끝끝내 앞으로 나아갔다. 수백 발 중에서 그 정도만 맞은 것도 거의 기적과 같은 일이었다.

물론 대가는 있었다.

"헉……! 허억……."

폭발에 떠밀려 날아간 시슬란은 난간에 부딪혔다.

손이 부들부들 떨렸다. 현기증이 났다.

그사이 붉은 괴범선은 다음 포격을 준비했다.

퍼퍼펑!

포탄의 소나기.

"……."

뚝. 뚝.

시슬란은 식은땀을 뚝뚝 흘리면서도 다시 장미의 맹약을 들어 올렸다. 그리고 다시금 난폭한 마나의 흐름을 단검 속으로 밀어 넣었다.

콰아아아앙—!

이번의 폭발은 앞의 것보다 더욱 컸다.

출렁!

블랙애로우호가 더욱 크게 출렁였다. 앞서 얻었던 속력에 다시금 가속도가 더해졌다. 사방으로 빗나간 포탄이 곳곳에 장대한 물기둥을 만들었다.

그때였다.

"아, 안개? 안개다……!"

블랙애로우호의 어느 선원이 외쳤다. 그의 외침처럼 사방에서 안개가 스멀스멀 피어오르기 시작했다. 이번에는 자연적인 현상의 안개였다.

원래 바다는 일기가 불안정하고 변덕스럽다. 그중에서도 이곳 서북 항로 먼바다는 날씨의 변덕이 더욱 심하기로 유명했다.

선원들의 얼굴에 일말의 희망이 피어났다.

"서, 서둘러라. 안개 속으로 숨으면 기회가 생길지도 모른다. 어서!"

살아남은 그들은 선장의 지휘 아래 필사적으로 배를 몰았다.

그사이 붉은 범선에서 한 번의 포격이 더 이루어졌다. 하지만 그마저도 시슬란의 분투 덕분에 모두 빗나가고 말았다.

그것으로 끝이었다.

어느새 짙게 피어난 안개가 근방의 시야를 모두 가려 버렸다. 덕분에 그 후부터 붉은 괴범선은 블랙애로우호를 시야에서 놓쳐 버렸다.

블랙애로우호는 죽음과 같은 침묵 속에서 안개를 헤치고 나아갔다. 선원들은 혹여 괴범선에게 위치가 파악될까 두려워 입도 함부로 열지 못했다.

그제야 시슬란은 긴장을 풀었다.

"헉…… 허억……."

거친 숨결에 폐가 터질 것만 같았다. 태양 아래에서 너무나 심한 무리를 했다. 현기증에 당장이라도 쓰러지고만 싶었다.

하지만 그는 자신을 추슬렀다. 흐트러진 옷깃을 바로 매만지며 표정을 정돈하였다.

마치 아무런 일도 없었던 것만 같은 그의 태도.

그렇기에 근처의 선원들은 더욱 존경의 시선으로 그를 바라보았다.

블랙비어드가 다가와 작은 소리로 속삭였다.

"당신이 아니었다면 우린 모두 수장됐을 거요. 모두를 대표하여 진심으로 감사드리오."

그런 그의 눈빛에도 시슬란을 향한 감사와 존경의 심정이 담겨 있었다. 누가 뭐래도 시슬란은 몸을 던져 배와 선원들을 보호해 준 사람이 아닌가.

시슬란이 쓴웃음을 지었다.

"하지만 그렇다고 지금 상황이 썩 좋은 것만은 아닌 듯한데."

그의 말은 맞았다.

간신히 추격을 뿌리치긴 했지만 블랙애로우호는 치명적인 손상을 입은 상태였다.

게다가 이곳은 대양 한가운데였다. 이 상태로 하루 이틀 정도야 항해를 이어 갈 수 있겠지만, 그 이상은 무리일 터였다. 아마 로테르담으로 돌아가려 해도 중간에 침몰할 가능성이 상당히 큰 상태였다.

한마디로 절망적이었다. 그걸 잘 아는 선원들은 모두 어깨를 축 늘어뜨리고 있었다. 블랙비어드 선장도, 애꾸 항해사도 마찬가지였다.

하지만 시슬란은 이대로 모든 것을 포기할 생각이 결코 없었다.

'아리안…….'

주먹을 말아 쥐었다.

고난에 처한 수하를 구해 내기 직전의 상황이었다. 충분히 구할 수 있었다. 그럼에도 실패했다. 이렇듯 꼴사나운 처지가 되고 말았다.

'만일 밤이 올 때까지 기다렸다가 일을 진행했더라면…….'

그런 생각이 들자 더욱 화가 솟구쳤다. 제물을 바치는 의식이 시작될까 봐, 수하를 구하겠다는 일념에 너무 서둘렀던 것은 아닐까 자신을 책망하는 마음이 일었다.

하지만 그것은 이미 지난 일이었다.

그는 어깨가 축 처진 선원들을 돌아보았다.

"하지만 내 생각엔 이곳에도 배를 댈 곳이 한 군데 정도는 있는 것 같군."

"뭐요?"

블랙비어드가 황당하다는 표정을 지었다.

"이곳은 망망대해요. 잘 몰라서 그러시나 본데, 이 해역엔 항구는커녕 육지 자체가 아예 없소이다."

"있다면?"

"아니, 정말로 없······."

어쩐 일이었을까.

반론하려던 블랙비어드가 갑자기 입을 닫았다. 문득 불길한 느낌이 가슴을 치고 올라왔다.

'서, 설마······?'

그는 시슬란이 묘한 표정을 짓고 있음을 발견했다.

이윽고 시슬란의 입이 열렸다.

"나는 분명 이곳에 섬이 하나 있다고 들었거든."

꿀꺽.

블랙비어드의 목젖이 출렁였다.

제발, 거기는 안 된다고 외치고 싶었다. 그런데 이상하게도 그것은 생각뿐, 말을 꺼낼 수가 없었다.

정면에서 자신을 노려보는 시슬란의 눈빛 때문이었다.

이윽고 시슬란의 붉은 입술이 천천히 열렸다.

그리고 블랙비어드가 절대로 듣고 싶지 않았던 말을 담담하게 꺼냈다.

"모두 기운을 차리고 항해를 재개하도록. 우리는 망각의 섬으로 간다."

2

찰박, 찰박.

얕은 파도가 뱃전을 두드렸다. 그 리듬에 맞추어 선원들의 노가 바다를 저었다. 블랙애로우호는 그렇게 천천히 전진하고 있었다.

"으으으……."

간간이 신음이 흘렀다. 다친 자들의 애처로운 음성이었다. 남은 배의 인원은 겨우 37명에 불과했다. 원래 인원의 절반 이상이 붉은 괴범선의 포격에 희생된 것이었다.

선원들은 묵묵히 노를 저었다.

그 선두, 뱃머리에는 시슬란이 서 있었다.

그는 탈진 증세에서 겨우 벗어나 이제 어느 정도 기력을 회복한 상태였다. 하지만 그렇다고 그동안 그가 아무 일도 하지 않은 것은 아니었다.

"……."

그는 눈을 감고 있었다. 그리고 세 척 노예 수송선의 위치를 계속해서 추적하고 있었다. 아까 블랙애로우호가 해역을 이탈하기 직전에 따로 떼어 남겨 둔 자신의 그림자 조각을 통해서였다.

노예 수송선에 붙은 그림자 조각은 그들의 위치가 이곳에서 멀지 않음을 알려 주고 있었다.

하지만 시슬란이 알 수 있는 것은 그것뿐, 그들이 노예를 바다에 수장시키는 의식을 치르고 있는지 아닌지는 알 도리가 없었다.

'아직 아리안을 구할 기회는 있을 것이다. 아니, 반드시 그래야만 한다.'

그는 이대로 밤이 오기까지 수송선이 멀리 떠나지 않기만을 바랐다. 해가 지면 곧바로 혼자서라도 다시 수송선을 찾아갈 생각이었다.

그러는 사이, 옅은 안개가 낀 바다 저 멀리에서 시커먼 실루엣이 모습을 드러내기 시작했다.

육지, 섬이었다.

누군가가 신음처럼 속삭였다.

"마, 망각의 섬이야……."

시슬란의 설득에 못 이겨 이곳까지 배를 몰아 오기는 했지만, 막상 섬을 눈앞에서 보게 되자 선원들은 동요했다. 당연했다. 이곳 서북 항로의 선원들에게 저곳은 죽음의 섬으로 알려져 있었으니까.

하지만 그들에게는 선택지가 없었다. 망각의 섬에 상륙하여 배를 수리하거나, 망망대해에서 비참하게 죽거나 둘 중의 하나였다.

결국 선원들은 노를 저었다. 차라리 뭍에서 죽자는 생각도 있었다.

섬이 점점 가까워졌다. 흐릿한 안개 너머에 있는 섬의 실루엣은 괴기스러워 보였다. 마치 악마의 머리가 입을 벌리고 있는 것만 같은 형상이었다.

하지만 차츰 안개가 걷히고 거리가 가까워지자 섬의 풍경은 전혀 다르게 바뀌었다.

"으음?"

"어라?"

선원들이 고개를 갸웃거렸다.

어느 순간부터인가, 망각의 섬이 그리 무서워 보이지 않게 되었다. 안개 너머에서 베일을 벗고 밝은 태양 아래 모습을 드러낸 섬은 여느 무인도와 별반 다를 것 없는 풍광을 지니고 있었다.

하지만 선원들은 쉽게 경계를 풀지 않았다.

"조심해. 겉보기엔 저래도 안에 뭐가 있을지 몰라."

마침내 블랙애로우호가 해안에 도달했다. 선원들은 블랙애로우호를 수심이 얕은 지점에 정박시킨 뒤 보트에 옮겨 타 모래사장으로 상륙했다.

섬은 생각보다 훨씬 컸다. 게다가 의외로 생명의 기운이 가득했다. 해안 안쪽 숲 너머에서는 끊임없이 새소리가 들려왔다. 바닷가에도 물고기를 잡으러 날아다니는 바닷새가 종종 보였다.

이곳의 새들은 사람을 본 적이 없는지 선원들을 봐도 도망가지 않았다.

"아하! 잡았다!"

"항해사님, 여기도 한 놈 잡았습니다."

마침 시장기를 느끼던 선원 몇몇이 바닷새를 잡았다.

반가운 소식은 그뿐만이 아니었다.

"선장님, 여기 좀 보십시오!"

모래사장 안쪽 숲으로 정찰을 나갔던 선원들이 외쳤다.

숲에는 야자나무가 가득했다. 거의 지천이라고 표현해도 될 만큼 많았다.

식수와 영양 공급원으로 동시에 쓸 수 있는 것이 야자 열매였다. 게다가 껍데기는 그릇으로 사용할 수 있었으며, 그 안쪽 면의 섬세하고 건조한 조직은 불을 피울 때 불쏘시개로 유용했다.

그 밖에도 숲 속에는 선원들에게 도움이 될 것들이 가득했다. 선체를 보강하기에 알맞은 나무도 있었고, 그것을 한데 단단히 묶을 질긴 넝쿨도 풍부했다. 게다가 얼마간 숲을 헤치고 들어가자 제법 깊은 자연 동굴도 있었다.

"허어, 여기가 왜 죽음의 섬이라 불리는지 모르겠군."

부상자들을 동굴로 옮기며 블랙비어드가 중얼거렸다.

다른 선원들도 비슷한 심정이었다.

그들은 부지런히 움직여 식량과 식수를 수집했다. 당장 오늘 먹을 것만이 아닌, 긴 항해를 대비하여 비축하려는 것이었다. 이왕 상황이 이렇게 된 것, 그들은 로테르담까지 살아서 돌아갈 각오였다.

이어 그들은 숲의 나무를 베어 왔다. 그걸로 블랙애로우호의 부서진 부분들을 보강할 생각이었다.

선원들은 그렇게 열심히 움직였다. 그러는 사이에 그들의 마음속에서 이곳 망각의 섬에 대한 공포심은 차츰 흐릿해졌다.

"거, 헛소문이었나 봐?"

"아니, 어쩌면 어떤 놈이 이 섬에 보물을 숨겨 두었을지도 모르지. 그래서 다른 이들의 접근을 막으려고 일부러 흉흉한 소문을 퍼뜨렸을 수도 있어. 예를 들자면 삼백 년쯤 전에 갑자기 자취를 감춘 해적왕 발바롯사 같은 놈들이 말이야. 그렇지 않겠어?"

"오, 그거 신빙성 있는데?"

사람은 생각보다 눈에 보이는 것에 대한 신뢰가 깊은 동물이다. 그들은 막상 섬에 도착하고 나서 반나절이 지나도록 아무 일도 없자 안심하기 시작했다.

부상자들은 어느새 기력을 다소 회복했다. 선원들은 낮 동안 채집한 것들로 풍성하게 배를 채웠다.

그렇게 하루가 무사히 저물어 갔다.

아니, 그렇게 저무는 것처럼 보였다.

적어도 선원들의 눈에는.

"……"

그런데 시슬란은 아직도 굳어진 표정을 풀지 않고 있었다. 그것은 섬에 처음 오를 때부터 그러했다. 섬에 상륙한 뒤부터 어쩐지 자꾸만 이상한 느낌이 들어서였다.

'이곳의 마나는……'

지나치게 농도가 짙었다. 게다가 이상했다. 원래 보통의 장소에서는 마나가 공기나 사물 속에 균일하게 존재한다. 그것이 정상이었다.

하지만 이곳은 조금 달랐다.

아니, 많이 달랐다.

이 섬의 마나는 너무나 짙었다. 게다가 흐름이 있었다. 그 흐름이 주변 해역에 널리 퍼진 마나를 강제로 끌어오는 것만 같았다.

그런데 시슬란도 그 흐름이 뜻하는 바는 알 도리가 없었다. 그는 아직 마나의 흐름을 느끼는 감각을 연마한 기간이 얼마 되지 않아 자신의 느낌을 확신하기도 어려웠다. 단지 흐릿하게만 느껴질 뿐이었으니까. 그래서 오히려 자꾸만 뭔가 불안했다.

그러던 어느 순간이었다.

시슬란의 감각에 이상한 것이 걸렸다. 그것은 낮에 따로 떼어서 노예 수송선에 심어 둔 자신의 그림자 조각이 보내오는 신호였다.

그 신호는, 이곳과 점점 가까워지고 있었다.

그 말인즉 수송선이 망각의 섬으로 다가오고 있다는 뜻이었다.

"……."

시슬란은 조용히 일어났다.

숲을 헤치고 해안을 향해 걸었다. 동굴 밖 숲에는 야생동물들의 기척이 가득했다. 모두가 평범하고 작은 생물들이었다.

사박.

그가 걷는 사이에도 그림자 조각이 보내오는 신호는 점점 가까워지고 있었다.

'이 섬? 아니다. 아직 섬에 도착하지는 않았다. 하지만…… 확실히 계속 가까워지고 있어.'

그렇지 않아도 해가 지면 찾아가려던 참이었다. 잘되었다는 생각이 들었다. 동시에, 선원들에게 있어 위험한 곳으로 알려진 이곳에 저들이 다가오고 있다는 사실이 의아하게 여겨지기도 했다.

그러는 사이, 시슬란은 숲을 벗어나 해안가에 도착했다.

그곳에서 그가 목격한 것은 의외의 장면이었다.

'저건……?'

가장 먼저 보인 것은 피처럼 붉은 안개였다.

쉬이이이…….

붉은 안개는 어둠에 섞여 든 잉크 같았다. 그렇게 일정한 형체도 없이 일렁이듯 바다를 가로질러 섬으로 다가오고 있었다.

그 속도는 무척 빨랐다.

더욱 놀라운 점은 세 척의 노예 수송선이 그 정체 모를 안개의 뒤를 졸졸 따라오고 있다는 것이었다.

"……."

시슬란의 표정이 굳었다.

노예 수송선은 낮에 시슬란에 의해 서로 충돌하며 막대한 손상을 입었었다. 해상에서 정박하며 하루 정도 수리하지 않으면 항해할 수 없을 정도의 손상이었다.

그런데 지금 세 척의 노예 수송선은 아무런 장애도 없이 파도를 가르며 이곳 망각의 섬을 향해 다가오고 있었다.

그들을 관찰하던 시슬란은 이내 이유를 깨달았다.

"안개가……."

세 척의 배를 끌어당기고 있었다. 아니, 정확하게 말하자면 붉은 안개 일부가 기다란 끈이 되어 노예 수송선단을 줄줄이 엮고 있었다.

혹시 수송선은 저 알 수 없는 안개에 사로잡힌 것일까? 그런 생각으로 살펴보았지만 그렇지도 않은 것 같았다. 수송선 위의 선원들은 분주히 움직이고 있긴 했지만 공포에 질린 모습은 결코 아니었다. 그들은 붉은 안개를 두려워하지 않는 것 같았다.

그사이 붉은 안개가 섬의 지척에 다다랐다.

변화가 일어나기 시작했다.

쉬아아아아……!

안개가 일렁이고 꿈틀거렸다. 하나의 거대한 형체를 이루어 갔다. 기다랗고, 견고하며, 웅장하게 파도를 가르는 몸체.

그것은 바로 아까 낮에 블랙애로우호를 급습했던 붉은 괴범선이었다.

촤아아아……! 철썩!

붉은 괴범선은 시슬란이 서 있는 모래사장의 반대편 해안에 접근했다.

"저들이 여길 왜⋯⋯?"

로테르담 항구의 축제와 제물을 바치는 의식을 위해 출항한 노예 수송선이 왜 이곳 망각의 섬에 온 것일까. 그리고 그들을 이끌고 있는 붉은 괴범선의 정체는 대체 무엇일까.

생각하면 할수록 궁금한 점투성이였다.

시슬란은 직접 눈으로 확인하기로 마음먹었다.

곧장 해안 절벽이 있는 곳으로 갔다.

절벽 꼭대기에서 아래를 살폈다.

아래쪽은 몹시 우묵했다. 자세히 살피니 절벽 틈새 사이에 거대한 해안 동굴 입구가 있었다. 해안가 모래사장 쪽에서 보면 결코 눈에 띄지 않을 자리였다.

붉은 괴범선과 노예 수송선단은 그 동굴로 차례차례 들어가고 있었다.

그 순간, 위에서 그들을 살피던 시슬란은 똑똑히 볼 수 있었다. 노예 수송선의 갑판에 바글바글 가득하게 세워져 있는 수백 명의 노예를.

"⋯⋯."

혹시 저 중에 아리안이 있지 않을까.

바삐 눈길을 돌려 살폈지만 500명이나 되는 사람들 틈에서 아리안 한 사람을 단번에 찾아내기란 어려운 일이었다.

그사이 네 척의 배는 모두 해안 동굴 속으로 사라졌다.

시슬란 또한 절벽 아래로 뛰어내렸다.

샤아아아!

달빛과 그림자를 넘나들며 수십 미터 높이에서 내려와 동굴 입구에 도착했다. 다행히 바다 동굴은 중간에 수로가 있고 그 양쪽으로 사람이 걸어갈 정도의 공간이 나란히 있었다.

"……."

동굴 안쪽은 캄캄했다. 그 어둠 사이로 가장 뒤에 있는 노예 수송선의 뒷모습이 언뜻 비쳤다. 수송선의 모습은 곧 모퉁이 너머로 사라졌다.

'여기에서 무슨 일을 벌이려는 거지?'

이 일의 뒤에는 사람들이 모르는 비밀스러운 무언가가 있는 것 같았다. 정체 모를 붉은 괴범선을 봐도 그러했고, 아무도 찾지 않는 곳이라 알려진 여기 망각의 섬에 노예들을 이끌고 찾아온 점을 보아도 그러했다.

하지만 그런 점들은 시슬란에게 중요한 것이 아니었다. 그는 오로지 충실한 수하를 구하는 데에만 관심이 있었다.

'조금만 기다려라, 아리안.'

그는 망설임 없이 동굴 안쪽을 향해 걸음을 옮겼다.

3

　한편, 해안가 뒤편 숲 속의 동굴에서 잠든 블랙비어드 선장은 알 수 없는 악몽에 시달리고 있었다.

　"으...... 으으으......."

　블랙비어드는 연신 식은땀을 흘리며 신음했다. 몸을 뒤틀었다가 얼굴을 찡그렸다. 당장 어딘가로 도망이라도 치려는 듯 자면서도 손으로 바닥을 긁고 다리를 움찔거렸다.

　그런데 이상한 점이 있었다.

　악몽에 시달리고 있는 것은 블랙비어드 한 사람만이 아니었다. 그의 옆에 자리를 잡고서 잠을 청하던 애꾸 항해사도, 나머지 선원들도 모두 똑같이 악몽에 시달리고 있었다.

　그러다가 그들은 동시에 깨어났다.

　"흐! 흐어어!"

　"어흐흑!"

　저마다 벌떡 몸을 일으킨 선원들은 가쁜 숨을 몰아쉬었다. 각자 서로의 얼굴을 의아하게 살폈다.

　"으, 으으....... 무, 무슨 일이지?"

　"이봐, 자네…… 자네도 혹시?"

　"어? 그럼 자네도?"

　그들은 이내 깨달았다. 자신의 얼굴을 파리한 안색으로

마주 보고 있는 동료도 똑같이 악몽에 시달리다가 깨어났다
는 사실을.

"대, 대체 이게 어찌 된 일이냐?"

블랙비어드 선장이 중얼거렸다.

방금까지 꾸었던 악몽은 다시 떠올리는 것만으로도 너무
나 끔찍하고 생생했다. 머리 없는 유령들에게 전신이 잡아
뜯겨 죽는 꿈을 꾸었던 것이다.

그는 끔찍한 기억을 털어 내며 선원들을 보았다.

37명이 다 함께 악몽을 꾸다가 동시에 깨어나다니, 어찌
보면 우연일 수도 있겠지만 우연치고는 공교로운 느낌이 들
었다. 괜히 불안한 마음도 들었다.

그때였다.

애꾸 항해사가 옆의 선원을 불렀다.

"으…… 자다 일어났더니 목이 타는 것 같군. 이봐, 그쪽
에 마시다 남겨 둔 야자수 열매 있지?"

"아, 예."

선원은 손을 더듬거리며 동굴 구석을 훑었다. 어두워서
앞이 잘 보이지 않았다. 하지만 곧 손끝에 둥근 것이 닿았
다. 아까 낮에 미리 따두었던 야자수 열매였다.

"찾았습니다. 잠시만 기다리십쇼."

선원이 커트라스를 꺼내 칼날을 야자수에 올려놓았다. 다

른 한 손으로는 돌멩이를 들었다. 그리고 돌멩이로 두꺼운 칼등을 내리쳤다.

빠각!

껍데기가 쪼개지며 액체가 튀었다.

그런데 그 냄새가 이상했다.

"으음?"

어쩐지 모를 비린내.

그때였다.

『네가…… 날 이렇게 만들었니?』

난데없이 잔뜩 쉰 목소리가 들렸다. 그런데 그 위치가 이상했다. 선원의 손아귀 사이에서였다.

어째서일까.

심장이 덜커덩 내려앉는 느낌이 들었다.

선원은 무심코 자신이 손에 쥔 야자수를 살폈다.

그리고 눈을 부릅떴다.

그가 쥐고 있던 것은 야자수가 아니었다.

손아귀 사이에서 잘린 사람의 머리통이 히죽 웃으며 피눈물을 흘리고 있었다.

소름이 돋았다.

9장.

마나홀

1

"흐……? 흐아아아아악—!"

기겁한 선원이 비명을 질렀다.

난데없는 비명에 모두가 깜짝 놀랐다.

"무, 무슨 일이야!"

"뭐냐!"

분분히 무기를 꺼내 들었다.

그 순간이었다.

선원의 손아귀에 들려 있던 머리가 튀어 오르며 입을 크게 벌렸다. 누런 이빨이 드러났다. 선원의 머리통을 한입에 물었다.

와지직!

선원은 단번에 절명하고 말았다.

"이봐! 뭐냐고!"

애꾸 항해사가 외쳤다. 하지만 죽은 선원은 대답이 없었다. 아니, 대답은 다른 존재들이 했다.

『낮의 만찬은…… 어땠어?』

달콤하며 은근한 목소리.

그 목소리는 동굴 구석에서 흘러왔다. 바로 야자수 열매를 쌓아 둔 장소였다. 그곳에서 무언가가 움직이는 기척이 들려오기 시작했다.

스르륵, 탁. 스르륵, 탁.

뭔가 둥글고 딱딱한 것이 울퉁불퉁한 바닥을 구르는 것만 같은 소리. 게다가 소리는 한두 군데에서 나는 것이 아니었다.

블랙비어드 선장의 등줄기로 오한이 스몄다.

"어, 어서 횃불을! 당장!"

"네, 네!"

선원이 횃불을 켰다. 환한 불빛이 동굴 내부를 밝혔다.

그 순간, 36명 전원이 굳어 버렸다.

"세, 세상에……."

선장과 선원들은 이미 포위되어 있었다. 그들을 포위한

것들은 머리였다. 사람의 잘린 머리통들이 사방을 굴러다니고 있었다. 그리고 선원들을 힐끔힐끔 쳐다보며 입맛을 다시고 있었다.

"대, 대체 이건 뭐야!"

누군가가 외쳤다.

아무도 대답하지 않았다.

하지만 그들 모두는 이미 알고 있었다. 낮에 따와서 동굴 구석에 수북이 쌓아 두었던 야자열매가 모조리 사라졌다는 사실을.

그러고 보면 잠든 사이에 동굴 안의 모든 것이 이상하게 변해 있었다.

야자수 열매는 시체의 머리통으로 변했으며, 낮에 잡아먹지 않고 살려 두었던 바닷새는 펄떡거리는 기괴한 생물로 변해 있었다.

그 한쪽 구석에는 선원들이 낮에 먹었던 야자수 열매 껍데기, 아니, 피투성이의……

"우, 우욱!"

몇몇 선원들이 참지 못하고 구역질을 했다.

와지직, 와득, 까드득.

동굴 한쪽에서는 몇 개의 머리가 앞서 쓰러진 선원의 시체를 파먹고 있었다. 그리고 나머지 잘린 머리들은 스륵스

룩 구르며 말을 걸어왔다.

『낮의 만찬은 어땠느냐고 물었는데?』

『우리 친구들의 머리통은 맛있었어?』

『혹시 나도 그렇게 먹을 생각이었니?』

블랙비어드 선장이 진저리를 치며 외쳤다.

"이, 일단 동굴 밖으로 탈출한다! 빨리빨리!"

그 말에 이견이 있을 리 없었다. 애꾸 항해사와 선원들은 선장의 뒤를 따라 동굴 출구를 향해 달렸다.

바로 그 순간, 공격이 시작되었다.

『끼에에엑!』

『키이익!』

괴상한 소음과 함께 잘린 머리통들이 일제히 튀어 올라 입을 벌리고 달려들었다.

와직!

"흐, 흐악! 빌어먹을!"

종아리를 물린 선원이 욕지거리를 뱉었다. 떨쳐 내려 애썼지만 여의치 않았다. 오히려 그 때문에 달음박질이 느려져 공격 대상이 되어 버렸다.

와직! 와드득!

금방 수많은 머리통이 달려들었다.

"사, 살려……!"

비명조차 끝맺지 못하고 쓰러졌다. 이후로 비명은 더 이상 들리지 않았다. 동굴을 빠져나가기까지 그런 식으로 일곱 명의 선원이 더 희생되었다.

다행히 머리통들은 바깥까지 쫓아오지는 않았다.

"헉……! 허억……! 젠장!"

블랙비어드와 선원들은 숨을 고르며 치를 떨었다.

하지만 그때, 다음 공격이 시작되었다.

쑤욱!

"흐억?"

갑자기 땅이 벌어졌다. 선원 하나가 쑥 꺼지듯 밑으로 빠졌다. 그리고 열렸던 땅이 단번에 닫혔다.

와지직!

땅은 거대한 입인 양 우물거리며 선원을 삼켰다.

나머지 사람들의 등줄기로 소름이 돋았다.

"으, 으아아아!"

선원들은 공포에 질려 사방으로 내달았다. 흩어지지 말라고 블랙비어드가 아무리 외쳐도 소용없었다. 결국 선장도 정신없이 내닫다 보니 혼자가 되고 말았다. 그 와중에 그는 수많은 위협을 넘겨야 했다.

블랙애로우호를 수리하고자 낮에 벌목했던 나무는 다시 보니 사악한 주술이 걸린 뼈였다. 야자나무 위에서는 예의 잘린 머리통들이 노래했다. 숲 속의 곤충들은 탐욕스레 그의 살점을 노렸다. 평화로이 날던 바닷새들은 기괴한 날짐승으로 변해 있었다.

뛰고, 구르고, 엎어지고, 다시 일어나며 블랙비어드 선장은 죽지 않기 위해 몸부림쳤다. 그러다 보니 백사장을 지나 바위 절벽 위에까지 몰리게 되었다. 시슬란이 올랐던 바위 절벽이었다.

"으, 흐흐흐! 젠장할!"

막다른 길이었다.

『키이이이…….』

본 적도 없는 생물들이 슬금슬금 다가왔다.

그가 뒤로 물러났다.

뒤꿈치가 절벽 끄트머리 바깥으로 벗어났다. 와수수, 돌멩이가 떨어졌다. 돌멩이는 아래쪽 거친 파도에 휩쓸려 흔적도 없이 사라졌다.

꿀꺽.

블랙비어드의 목울대가 출렁였다.

'이딴 의뢰, 애초부터 맡는 게 아니었는데…….'

망각의 섬 방향으로 오자고 할 때 거절할걸. 뒤늦은 후회가 들었다. 그러고 보니 정작 의뢰인인 시슬란은 아까 동굴에서부터 안 보였던 것 같다.

하지만 그에게는 다른 생각을 할 시간적 여유가 그다지 없었다. 어느새 괴생명체들이 발치까지 접근했기 때문이었다.

"으으윽!"

블랙비어드는 이를 깨물었다.

그가 억눌린 소리로 외쳤다.

"내, 내가 설령 죽는다 한들 네놈들 한 끼 식사가 될까 보냐!"

다음 순간, 그는 뒤쪽 절벽을 향해 스스로 몸을 던졌다.

물거품과 파도가 그를 집어삼켰다.

2

같은 시각, 시슬란은 동굴 내부로 깊숙이 들어온 상태였다.

그는 계속 안쪽으로 들어갔다.

동굴은 얼마간 이어지다가 한쪽으로 크게 곡선을 그렸다. 그 모퉁이 너머에서 희미한 불빛이 보였다.

물길은 그곳에서 끝나고 있었다. 물길이 끝나는 지점에는 자연적인 광장이 있었다. 동굴 속에 생성된 일종의 거대한 동공이었다.

붉은 괴범선과 수송선들은 그곳 언저리에 정박하고 있었다. 그리고 수송선으로부터 500여 명의 노예가 줄을 지어 광장으로 내려서고 있었다.

"……."

혹시 저 속에 아리안이 있을까.

아마 그럴 것이란 확신이 들었다.

시슬란은 그러한 생각으로 광장을 관찰했다.

짜아악!

광장 곳곳에서 뼈로 만들어진 기이한 채찍이 허공을 갈랐다. 채찍을 휘두른 이들은 살아 있는 사람이 아니었다. 피육이 아예 없이 백골로만 이루어진 해골 병사들이었다. 바로 시슬란이 노예 수송선의 제일 아래쪽 선창에서 맞닥뜨렸던 놈들과 같았다.

노예들은 해골 병사들의 통제에 따라 느릿하게 걸었다.

그런데 그들이 걷는 곳, 광장의 중심에는 커다랗게 일렁이는 검은 구체가 있었다.

검은 구체.

그것을 본 순간 시슬란의 눈썹이 미세하게 꿈틀거렸다.

'저건…….'

구체에서는 막대한 힘의 파동이 느껴졌다.

마나였다.

엄청난 밀도로 뭉쳐진 마나의 기류가 구체 내부에서 일렁이고 있었다. 고작 지름 1미터 남짓한 구체 안쪽에 집적된 마나의 양이 섬 전체에 퍼진 마나보다도 더 많을 지경이었다.

그걸 보자니 문득, 예전 백작가의 도서관에서 보았던 어떤 책의 한 구절이 떠올랐다.

'마나홀(Mana Hole), 고밀도로 집적된 마나의 통로. 주변에 닿는 모든 물질을 마나 단위로 분해하여 흡수. 홀의 크기에 비례하여 마나를 주변 지역으로 과도하게 끌어 모으며, 그 영향에 의해 일대에 비정상적인 생태계가 구성될 확률이 높음……. 하지만 이론으로서만 존재하는 가상의 물질일 뿐 실질적인 목격담은 아직 보고되지 않았음, 이라고 했었던가.'

그것은 당시 시슬란도 흥미롭게 읽었던 내용이었다. 무엇보다도 마나홀이 다른 공간과 연결된 통로라는 주장이 곳곳에서 보였기 때문이다. 덕분에 시슬란은 어쩌면 마나홀이 루나티카로 돌아가는 열쇠가 될지 모른다고 생각하기도 했었다.

'하지만 정확한 것은 아니다.'

그는 들뜨려는 마음을 내리눌렀다.

기억에 따르면 마나홀에 대한 이론은 중구난방이었다. 어떤 마법사도, 어떤 학자도 마나홀의 내부가 어떤 세계인지, 어떤 구조를 지녔는지, 그 건너편에 무엇이 있는지를 정확히 밝혀내지 못한 상태였기 때문이다.

어쨌건 그는 이제 이곳 망각의 섬이 왜 죽음의 섬이라 불리게 되었는지 이해할 수 있었다. 이 작은 섬에 주변 인근 해역의 모든 마나가 밀집된 것도 아마 저 마나홀 때문이리라.

시슬란이 그러한 생각을 하는 사이에도 노예들은 차례차례로 걸었다. 그리고 한 명씩 순서대로 마나홀 앞에 섰다.

달그락.

그 곁에 서 있던 해골 병사가 움직였다.

촤아아악!

뼈 채찍이 노예의 목을 휘감아 끌어당겼다. 멍한 얼굴을 하고 있던 노예는 저항도 못하고 마나홀을 향해 휙 딸려 갔다.

그 순간이었다.

쉬아아아악!

마나홀이 돌연 움직여 노예의 몸을 감쌌다.

순간 멍하던 노예의 표정에 변화가 일어났다. 아니, 정확히는 그제야 자신의 처지를 깨달았다고 하는 편이 옳으리

288 다크 프린스

라.

"흐아아아아악!"

비명.

그와 함께 노예의 몸에서 희뿌연 형체가 솟구쳤다. 놀랍게도 허공에서 발버둥 치고 있는 희뿌연 형체는 노예의 영혼이었다.

그 순간, 마나홀이 노예의 영혼을 끌어당겼다.

『사, 살려…… 도와줘!』

영혼의 절규가 울려 퍼졌다. 하지만 그땐 이미 노예의 영혼이 마나홀에 완전히 흡수된 후였다. 허공에는 그가 내질렀던 외침의 메아리만이 남았다.

털썩.

껍데기만 남은 노예의 몸뚱이가 쓰러졌다.

해골 병사가 노예의 몸을 발로 밀어 찼다. 빈 껍데기가 덜걱거리듯 시신이 광장 구석으로 힘없이 굴러갔다.

그때였다.

끼기기긱…….

광장 천장을 뚫고 뻗어 내려와 있던 나무뿌리가 움직여 굴러 온 시신을 움켜쥐었다. 그 뿌리 끝에 달린 아가리가 벌어졌다.

꿀꺽.

시신은 뿌리에 소화되었다.

"……."

눈앞에 펼쳐진 광경에 시슬란은 할 말을 잃고 말았다.

더욱 놀라운 것은 다른 노예들의 태도였다. 그들은 앞서 희생된 노예의 끔찍한 비명도, 최후의 모습도 못 느낀 양 여전히 멍한 표정만 짓고 있었다.

'설마…… 이지를 상실한 건가?'

아마 그럴 것이란 생각이 들었다.

그사이에도 광장 중앙의 마나홀은 차례차례 노예들의 영혼을 집어삼켰다. 그 속도는 무척 빨랐다. 또한, 영혼 하나를 삼킬 때마다 내부의 밀도는 아주 조금씩 높아지고 있었다.

시슬란의 눈동자가 바빠졌다. 그는 사방을 훑으며 아리안을 찾았다. 아리안이 저런 비참한 최후를 맞이하게 내버려 둘 수는 없었다. 하나, 수많은 인파 속에서 익숙한 사람 하나를 구별하는 것은 쉬운 일이 아니었다.

그러던 어느 순간이었다.

촤라락.

기계적으로 움직이던 뼈 채찍이 또 다른 어느 노예의 목덜미를 휘감았다. 그런데 그게 묘하게도 시슬란의 주의를 끌었다.

시슬란의 시선이 무심결에 그쪽으로 돌아갔다.

"⋯⋯."

목에 뼈 채찍이 감긴 노예.

노예는 마나홀 바로 앞에 서 있었다.

그 뒷모습이 눈에 익었다. 게다가 노예는 왼쪽 팔이 없었
다.

시슬란이 무심결에 중얼거렸다.

"⋯⋯아리안?"

바로 그때, 해골 병사가 뼈 채찍을 끌어당겼다. 채찍에
묶인 노예가 마나홀을 향해 무력하게 휙 딸려 갔다.

시슬란의 눈동자가 급격히 수축하였다.

그는 곧바로 땅을 박찼다.

빠각, 와수수!

해골 병사를 단숨에 박살 낸 시슬란은 마나홀에 딸려 들
어가려던 노예를 붙잡았다.

노예의 얼굴을 확인한 순간, 시슬란의 눈초리가 파르르
떨렸다.

"⋯⋯아리안."

노예는 아리안이 맞았다.

하지만 그가 알고 있던 아리안은 아니었다.

온몸은 그야말로 만신창이.

근육질의 쾌남이었던 아리안은 비쩍 마른 데다 사지가 기묘하게 뒤틀린 모습이 되어 있었다.

뼈와 관절이 부러졌을 때 제대로 치료를 못 하면 이런 모습이 된다. 시슬란은 아리안 또한 그렇게 되었음을 보자마자 알았다.

'그 계곡의 급류……'

틀림없이 루나티카를 탈출할 때 급류에 휩쓸려 사지가 부러져 이런 모습이 되었으리라.

모두가 주군인 자신을 지키기 위함이었다.

그런데도 지금 아리안은 다른 노예들처럼 이지를 상실하여 주군인 자신을 알아보지도 못하고 있었다.

시슬란은 저도 모르게 입술을 와락 깨물었다.

"아리안, 나다. 기억하겠느냐?"

찰싹! 찰싹!

뺨을 때려도 아리안은 시슬란을 알아보지 못했다.

그저 멍한 눈초리로 그를 바라볼 뿐이었다.

그사이 시슬란의 주위로 해골 병사들이 몰려들었다.

처척, 덜그럭.

해골 병사들은 아무런 말도 하지 않았다. 그저 묵묵히 시슬란을 에워쌌을 뿐이었다. 하지만 이미 그것만으로도 전신을 저릿하게 만드는 살기가 시슬란을 압박해 들어왔다.

그것은 인간이 뿜어내는 살기와는 종류와 차원이 다른 형태의 기운이었다.

하지만 여기 해골 병사들은 오늘 자신들 앞에 서 있는 상대가 지금과 같은 밤, 특히 어둠 속에서 더욱 큰 힘을 발휘하는 루나리언임을 결코 알지 못했다.

달그락!

뼈 움직이는 소리와 함께 십여 구의 해골 병사가 시야에서 사라졌다.

평범한 인간과는 궤를 달리하는 속도였다.

그러나 시슬란은 그들의 공격을 예상하고 있었다.

으드득.

시슬란이 주먹을 쥐는 순간.

샤아아아……!

그의 사방에서 그림자가 일어났다.

쩌저정!

달려오던 해골 병사들이 그림자에 튕겨 나갔다.

그 직후 사방에서 뼈 채찍이 날아들었다.

하나, 그때 이미 시슬란은 그 자리에 없었다. 채찍은 허공만을 헛되이 갈랐다.

"여기다."

목소리가 들리는 순간, 해골 병사 서너 구가 한꺼번에 으

스러졌다. 그때부터가 해골 병사들에게 주어진 수난의 시
작이었다.

퍼석! 파삭!

어떤 해골 병사도 시슬란의 움직임을 따라잡지 못했다.
시슬란은 그런 병사들 사이를 종횡무진하였다. 일격에 해
골 병사 한 구가 반드시 가루가 되었다. 해골 병사들의 숫
자가 빠르게 줄어 갔다.

그러던 어느 순간이었다.

퍼퍼펑!

난데없는 굉음.

"⋯⋯!"

시슬란의 눈빛이 번득였다.

그를 덮쳐 오는 검은 물체, 그것은 서너 발의 시커먼 포
탄이었다. 워낙 기습적인 사격이라 몸을 피하기에는 이미
늦어 있었다. 게다가 그의 뒤편에는 아리안이 있었다.

방금 바스러뜨린 해골 병사를 내던지고 나머지 한 손을
앞으로 내밀었다. 그의 손짓을 따라 전면에 그림자의 장막
이 피어났다.

포탄과 그림자 장막이 맞부딪쳤다.

쩌어엉—!

시슬란의 어깨가 들썩였다. 막대한 충격이 고스란히 그

의 어깨로 전해졌다.

시슬란의 주홍빛 눈동자가 포탄이 날아온 곳을 향했다.

그곳에는 노예 수송선이 있었다. 가만히 보니 분주히 움직이고 있는 수송선의 선원들이 보였다.

'대체 무슨 생각이지?'

이런 동굴 내부에서 함부로 대포를 사용하다니, 동굴이 무너질 것에 대한 염려는 눈곱만큼도 없는 걸까.

그들의 대담함과 무모함에 어처구니가 없었다.

그렇게 시슬란의 주의가 잠시 다른 곳으로 쏠린 순간이었다.

포탄 때문에 자극을 받은 탓인지 시슬란의 뒤편에 있던 마나홀이 돌연 크게 일렁이기 시작했다. 그리고 급속히 회전하며 부피를 늘려 나갔다.

휘류류류!

"……!"

놀란 시슬란이 뒤를 돌아보았다.

아리안이 삼켜지려 하고 있었다.

급한 김에 손을 뻗어 아리안을 잡아당겼다.

대신 그의 몸이 끌려갔다.

마나홀이 시슬란의 전신을 집어삼켰다.

순식간에 시야가 검게 물들었다.

가장 먼저 그를 위협한 것은 가공할 압력이었다.

온몸이 저릿해졌다. 통증이 느껴졌다. 동시에 더할 수 없는 위험이 감지되었다.

시슬란은 즉시 반응했다. 그는 그림자를 일으켜 전신을 보호하려 했다.

하지만.

"……!"

그림자는 일어나지 않았다. 그의 말을 듣지 않았다.

왜?

알 수 없었다.

압력이 전신을 내리눌렀다.

투우우웅—!

벼락이 내려치는 듯한 느낌.

혹은, 온몸이 산산이 부서지는 듯한 섬뜩함.

그 느낌이 마지막이었다.

어둠이 시야를 잠식했다.

3

어둠.

아무것도 보이지 않는.

혹은, 아무것도 없는.

"……."

시슬란은 고개를 들었다.

보이는 것은 없었다. 만져지는 것도, 느껴지는 것도 없었다. 익숙한 공기도, 소리도, 빛도, 냄새도, 그 어떤 익숙한 감각도 느껴지지 않았다.

문득 떠올랐다.

망각의 섬, 그 아래에 숨겨져 있던 동굴. 그곳으로 들어와 발견한 지하 공동, 해골 병사들과의 격전, 그리고…….

'마나홀.'

급격하게 팽창하던 마나홀의 모습이 떠올랐다. 그 안에 서려 있던 어둠이 전신을 뒤덮어 오던 때가 생각났다. 그제야 시슬란은 자신의 처지를 깨달았다.

'마나홀에 빠진 것인가?'

설마 자신도 아까 보았던 노예들처럼 최후를 맞이한 것일까.

하지만 아무리 봐도 그런 것 같지는 않았다. 그는 자신의 몸을 더듬었다. 다행히 그의 육신은 평상시와 다름없이 멀쩡했다.

시슬란은 다시 한 번 주변을 둘러보았다.

눈앞에 보이는 것은 아무것도 없었다. 사방에 펼쳐진 것이라곤 오로지 끝도 없는 어둠뿐이었다.

그런데 그것은 이상한 일이었다.

루나리언인 그가 어둠 너머를 꿰뚫어 볼 수 없다는 것은 원칙적으로 말이 안 되는 일이었기에.

시슬란은 저도 모르게 눈살을 찡그렸다.

'혹시……?'

그는 정신을 집중해서 자신의 그림자를 일으켰다.

하나, 반응은 없었다.

사방은 여전히 고요했으며, 그림자는 평소와 달리 그의 말을 듣지 않았다.

"……."

가장 믿고 의지하는 능력을 이 수수께끼의 공간에서 사용할 수 없다는 것을 깨달은 탓에 그의 표정이 살짝 굳었다.

그래도 그는 당황하지 않으려 노력했다.

흐트러지려는 마음을 다잡기 위해 우선 자신의 옷깃을 매만졌다. 주름진 곳을 반듯하게 펴고, 흐트러진 매무시를 가다듬었다.

그제야 조금은 마음이 놓였다.

뚜벅, 뚜벅.

걸음을 옮겨도, 발소리는 메아리가 없었다. 아무것도 없는 어둠의 공간 속에 그의 발소리만이 적막하게 울릴 뿐이었다.

그렇게 얼마나 걸었을까.

출구는 여전히 보이지 않았다. 아니, 사실은 출구가 있는지 확신도 들지 않았다. 어쩌면 애초부터 이 공간에 출구라는 것 자체가 없는지도 모르겠다는 생각도 문득문득 들었다.

다시금 많은 시간이 흘렀다.

그동안 시슬란은 한시도 걸음을 멈추지 않았다. 그러나 아직도 빠져나갈 길은 보이지 않았다.

그러던 어느 순간이었다.

고요하던 어둠 속에 작은 소리가 울렸다.

"깔깔깔."

누군가의 즐거운 웃음소리.

"……."

걸음을 멈추고 귀를 기울였다. 하지만 그 소리는 다시 들려오지 않았다.

혹시 잘못 들은 것일까.

하지만 그럴 리는 없다고 생각했다.

그때였다.

화아아아아악—!

갑자기 눈앞이 환해졌다.

"……!"

급격한 눈부심.

반사적으로 눈을 질끈 감았다. 그리고 다시 눈을 떴을 때, 그를 둘러싼 풍경은 이전과는 전혀 다르게 변해 있었다.

시슬란은 주변을 둘러보았다.

짹, 째잭.

작은 새가 풀숲을 날아다녔다. 커다란 꽃망울 사이를 자유로이 왕래했다. 그런데 그 꽃망울은 시슬란의 눈에 매우 익숙한 것이었다.

그가 저도 모르게 되뇌었다.

"월광초?"

그것은 오로지 루나티카에서만 자라는 식물이었다.

그때였다.

"주군, 여기에 계셨습니까? 하하, 저희가 미천하여 한참을 찾았습니다."

시슬란은 목소리가 들려온 쪽으로 돌아섰다. 그리고 굳어 버리고 말았다. 그곳에 전혀 의외의 인물이 서 있음을 보았기 때문이었다.

"락토르, 아리안……?"

"예, 주군. 말씀하소서."

두 호위 무사는 숨을 헐떡이고 있었다. 그런데 그들의 모습이 어려져 있었다. 루나티카에서 어린 시절 보아 왔던 모습이었다.

시슬란은 이내 깨달았다.

이곳이 어디인지를.

'비슈누 궁의 후원? 그리고 나는……'

그는 어린 시절의 모습으로 되돌아가 있었다.

'대체 이게 어찌 된 일일까.'

아까까지만 해도 마나홀 내부의 어둠 속에서 헤매고 있던 그였다. 그보다 더 전에는 솔라리스 대륙에서 고향으로 돌아가기 위해, 아리안을 구출하기 위해 대해를 가로지르기도 했었다.

그런데 어째서 지금은?

혼란스러웠다.

하지만 상황은 그가 느끼는 곤혹스러움과는 별개로 흘러갔다. 그는 락토르와 아리안에게 이끌려 아침 산책을 마쳤다. 그 후로는 선황제를 알현하였으며, 매일의 일상대로 교양과 예법, 검술 등을 단련하였다. 그리고 자신의 침실에 누워 잠을 청했다.

"……."

어린 시절 매일 보았던 익숙한 침실 천장이 보였다. 이제는 혼란보다는 몽롱한 기분이 들었다. 꼭 무엇인가에 홀린 듯한 느낌이었다.

마치, 루나티카에서의 반란의 밤 이후로 겪은 수많은 고난과 모험이 모두 한낱 꿈이었던 것처럼 느껴질 지경이었다.

피식.

저도 모르게 웃음이 피어났다.

그래, 어쩌면 정말로 고약한 꿈이었던 것뿐이었을지도.

그 모든 일이.

제발, 그랬으면.

그렇게 그는 잠들었다.

그리고 아무것도 없는 무의 공간, 끝도 없는 마나홀의 어둠 속에서 다시 눈을 떴다.

"크흡! 쿨룩! 큭! 하악! 하아……!"

격한 기침이 터져 나왔다. 숨을 제대로 쉴 수가 없었다. 혼란스러웠다. 어떤 것이 꿈이고 어떤 것이 현실인지 구별이 되지 않았다.

그때였다.

화아아아아악—!

'또……!'

눈앞이 환해졌다.

그리고 그는 다시금 과거의 어느 순간으로 끌려갔다. 이번에는 무료한 일상이 아닌, 가장 즐겁고 행복했던 순간으로의 회귀였다.

하지만 그 회귀의 즐거움도 잠시, 시슬란은 다시 팽개쳐지듯 마나홀의 어둠 속으로 되돌아왔다.

"헉…… 허억……!"

점점 혼란이 가중되었다.

하지만 그에겐 쉴 틈이 없었다.

화아아악—!

또다시 눈앞이 환해지고, 그는 수많은 기억과 상념 속으로 내던져졌다. 그중 대부분은 과거의 특정 시점과 기억으로의 회귀였다.

슬펐던 순간, 분노로 가슴을 태웠던 순간, 너무나 지겹고 심심했던 순간, 때로는 기억조차 못하고 있던 출생의 순간으로까지……. 시슬란은 자신의 기억 속으로 수없이 내던져졌다. 그리고 다시 이곳 마나홀의 어둠 속으로 되돌아오길 반복했다.

그러는 사이에 이곳 어둠 속의 세상과 자신의 기억 사이에서 더욱 큰 혼란을 느껴 갔다. 어떤 것이 현실이고 어떤 것이 꿈인지, 점점 구분하기가 어려워졌다.

기억이 얽히고 꼬여 갔다.

시슬란의 자아가 점점 붕괴하기 시작했다.

동시에 그의 육신에도 변화가 일어났다.

쉬이이이익…….

몸이 조금씩 흐릿해져 가며 주변의 어둠과 동화되기 시작했다. 그것은 마나홀이라는 포식자에게 산 채로 삼켜져 서서히 흔적도 없이 흡수되어 가는 과정이었다.

그러한 현상은 그가 자신의 기억 속으로 내던져질 때마다 착실하게 진행되었다. 그렇게 시슬란은 이곳 마나홀 내부에서 느리지만 확실하게, 소멸의 단계로 접어들고 있었다.

그리고 마침내, 그의 몸은 더는 흐려질 수 없을 만큼 흐려졌다. 이제 한 번만 더 과거로 내던져진다면 영원히 사라질 만큼.

결국, 최후의 순간은 너무나 서슴없이 다가왔다.

화아아악—!

시슬란은 다시금 과거의 기억 속으로 내던져졌다.

그런데 이번 장소는 루나티카가 아니었다.

휘이이잉.

때 아닌 살벌한 바람이 불었다. 바람은 약간의 흙먼지를 일으키며 눈앞에 선 여인을 스쳐 지났다. 그 바람결 너머에는 익숙한 얼굴이 있었다.

단칼의 야니카, 그녀와 결투를 벌이던 날의 순간이었다.

"준비는 됐나?"

그녀가 짓씹듯 물어 왔다. 털을 곤두세운 사나운 암표범 같은 표정이었다.

그녀가 말했다.

"무기를 골라라."

후우우웅!

돌연 거대한 대검이 폭풍 같은 기세로 떨어져 내려왔다. 그리고 이마 바로 위에서 딱 멈추어 섰다.

시슬란은 기억이 흐릿한 와중에도 생각했다.

'무기……?'

내게 무기라는 것이…… 있었던가.

아, 그래. 있었다.

그림자. 나만의, 절대적인 힘.

그런데 그건 이곳에선 쓸 수 없어.

왜냐고?

마나홀은 어둡거든. 아무런 빛도 없는. 그래, 태양빛도, 달빛도, 그 어떤 빛도 애초부터 존재하지 않는, 그래서 그림자 또한 존재할 수 없는…… 그런 공간.

마나홀?

그런데…… 마나홀이 뭐지?

그때였다.

"왜, 겁이 나나? 무기를 고를 자신이 없는 건가?"

야니카가 이죽거렸다.

내게 아무런 무기가 없다고? 웃기는 소리.

시슬란은 속으로 고개를 거칠게 흔들었다. 그러다가 보았다. 이쪽을 걱정스러운 눈길로 바라보고 있는 카탈리나의 존재를.

"……."

카탈리나의 모습 또한 결투를 벌였던 그날과 똑같았다.

그런데 그녀의 얼굴을 보자 불현듯 어떤 날의 기억이 떠올랐다.

"로젠 백작가에서 드리는 작은 선물이에요. 이게 있
으면 어딜 가서든 본 백작가의 전폭적인 후원을 받고 있
음을 증명하실 수 있을 거예요."

"……!"

번개처럼 떠오르는 기억.

혹은 자각.

품속으로 손을 가져갔다. 차갑고 단단한, 익숙한 감촉이 느껴졌다.

그래, 장미의 맹약이 있었다.

그 손잡이를 와락 움켜쥐었다.

떠올랐다.

스카나 족과의 대결이. 그날 보았었던, 카탈리나의 주위를 맴돌던 파괴적인 마나의 흐름이.

그런데 그런 시슬란의 변화를 감지했음일까.

"지금 무슨…… 짓을 하려는 거냐?"

야니카의 얼굴이 일그러졌다.

동시에 그녀가 공격 태세를 갖추었다. 움켜쥔 대검이 목을 겨누고서 치켜졌다.

하지만 시슬란은 그녀의 얼굴을 보고 있지 않았다. 어느새 차갑게 가라앉은 그의 눈동자는 주변의 모든 공간과 허공을 바라보고 있었다. 그 너머에 짙게 서린 어둠의 기운을 쏘아보고 있었다.

이제 알 수 있었다.

눈앞에 되살아나던 모든 풍경과 기억들이 단지 눈속임에 불과함을. 그리고 지금 자신 앞에 서 있는 야니카는 진짜가 아님을. 이곳 마나홀의 어둠이 만들어 낸 환영일 뿐임을.

그때였다.

"간다! 끼야아아악—!"

야니카, 아니, 그녀의 환영이 날카로운 기합을 내지르며 돌진을 시작했다. 대검이 떨어져 내렸다.

하지만 시슬란은 전혀 반응하지 않았다.

후우웅—!

대검은 그의 몸을 헛되이 통과해 지나갔다. 그에게 아무런 상처도 남기지 못하고서.

"……!"

야니카의 환영이 눈을 부릅떴다.

동시에 시슬란이 장미의 맹약을 들어 올렸다.

쉬이익!

그 칼날에 시슬란이 일으킨 마나의 거친 흐름이 노도처럼 밀려들기 시작했다. 고풍스러운 단검에서 피처럼 붉은 기운이 폭발적으로 피어났다.

촤하아아학—!

그 순간, 야니카의 환영이 베어졌다.

그 뒤에 펼쳐져 있던 기억의 장막이 베어졌다.

그 속에 도사리고 있던 마나홀 내부의 어둠이 베어졌다.

베어진 어둠 사이로 빛이 쏟아졌다.

바깥세상의 빛이었다.

10장.

탈출

1

같은 시각, 절벽 아래로 뛰어들었던 블랙비어드 선장은
파도 속에서 나름 필사의 사투를 벌이고 있었다.

"어, 어푸! 푸흡!"

첨벙! 첨벙!

쉼 없이 손발을 허우적거렸다. 하지만 파도에 쓸린 그의
몸은 앞으로 나아가기는커녕 아래로 가라앉았다가 위로 떠
올랐다를 반복하기만 했다.

"제, 젠장! 내…… 케켁! 내가……!"

쏴아아!

밀려온 파도가 선장의 뒷말을 집어삼켰다. 그리고 그를

절벽 아래에 있는 동굴로 밀어붙였다. 블랙비어드는 속절없이 파도에 끌려 어두컴컴한 바다 동굴로 끌려 들어갔다.

점점 의식이 흐려졌다.

'여기서 끝인가…….'

그때였다.

"이거 잡으십시오!"

누군가의 외침과 함께 기다란 물건이 날아왔다. 윗옷을 엮어 만든 로프였다. 블랙비어드 선장은 그것을 필사적으로 틀어쥐었다.

"하나, 둘, 당겨!"

"영차!"

곧 선장의 몸이 동굴 내부의 뭍으로 끌어올려졌다. 그제야 선장은 자신의 목숨을 구한 이들이 누군지 깨달았다. 바로 괴생명체들의 습격에서 살아남은 자신의 수하 선원들이었다.

그들을 이끌고 있던 애꾸 항해사가 목덜미의 땀을 닦으며 씨익 웃었다.

"거, 선장님께서 헤엄을 못 치셨다니 정말로 엄청나게 의외입니다?"

"쿠, 쿨룩!"

호흡 곤란 때문이었을까.

아니면 부끄러움 때문이었을까.

기침을 하는 블랙비어드의 얼굴이 벌게졌다.

"쓰읍! 그나저나, 여기 있는 너희들이 전부냐?"

선원들이 묵묵히 고개를 끄덕였다.

이곳에 보이는 이들은 애꾸 항해사를 포함해 모두 아홉. 나머지는 어디 갔는지 보이지도 않았다. 하지만 블랙비어드는 더 묻지 않았다. 나머지 이들이 어떻게 되었는지는 안 들어도 뻔히 알 수 있었으니까.

블랙비어드의 눈길에 씁쓸함이 배었다.

"그래도 이만큼이라도 남았으니 됐다. 어쨌건, 여긴 어디냐?"

애꾸 항해사가 답했다.

"저희도 정신없이 도망치다가 발견한 곳입니다. 안쪽으로 바람이 통하는 걸로 봐서 어딘가로 연결된 동굴인 것 같습니다."

"그래? 흐음. 어차피 해안 방향 출구에는 괴상한 잡생물들이 도사리고 있을 테고……. 다른 출구를 찾으려면 안으로 들어가 보는 게 좋겠지?"

"예. 저희도 그렇게 생각합니다."

선원들이 이구동성으로 답했다.

블랙비어드와 선원들은 즉시 움직였다. 그들은 조심스

럽게 어두운 동굴 안쪽으로 향했다. 그 와중에도 블랙비어드는 다른 선원들보다 빨리, 먼저 걸어가는 것을 잊지 않았다.

그렇게 얼마나 걸었을까.

큰 모퉁이가 나타났다. 그리고 모퉁이 너머에서 새어 나오는 빛이 보였다.

"저건……?"

블랙비어드와 선원들이 서로의 얼굴을 돌아보았다. 빛이 일렁이는 모양새로 보아…….

"횃불인 것 같습니다."

"으음."

블랙비어드는 살금살금 모퉁이로 접근했다. 그리고 건너편을 살펴보았다.

그의 한쪽 콧수염이 실룩였다.

'어라?'

안쪽에는 시슬란이 보았던 것과 같은 광경이 펼쳐져 있었다. 그리고 요사하게 회전하고 있는 마나홀 앞에는 사내 하나가 쓰러져 있었다.

달그락, 끼릭.

마나홀 앞에 다가선 해골 병사가 다리를 움직여 쓰러진 채 엎드려 있는 사내의 몸을 발로 뒤집었다. 축 늘어진 사내의 얼굴이 드러났다.

그 순간 블랙비어드는 손으로 자신의 입을 가렸다.

'헙! 저건……?'

그의 의뢰인, 시슬란이었다.

'뭐야, 저 인간이 왜 저기에 쓰러져 있는 거지?'

블랙비어드의 심장이 절로 쿵쾅거리며 뛰었다. 그의 머릿속으로 수많은 계산이 일사천리로 진행되었다.

'이미 내 사랑스러운 배는 작살났지. 게다가 선원도 거의 다 잃어버렸어. 이대로는 로테르담으로 어찌 살아 돌아간다 해도 난 알거지나 다름없잖아? 그런데 저 의뢰인마저 죽으면……. 안 돼! 내 돈! 의뢰비는 누가 줘?'

당장에라도 시슬란을 구해야 했다.

그런데 공동에는 척 보기에도 으스스하게 느껴지는 해골 병사들이 지천으로 널려 있었다.

그렇게 블랙비어드가 똥 마려운 강아지처럼 발을 동동 구르던 순간이었다. 해골 병사가 시슬란을 툭 걷어찼다. 축 늘어진 시슬란의 육신은 아무런 저항도 없이 공동 구석으로 힘없이 굴러갔다.

그러자 공동 천장에 늘어져 있던 커다란 식물 뿌리가 시슬란을 향해 뻗어 오기 시작했다.

츠츠츠츠…….

그때였다.

"아, 안…… 돼……. 주군……."

근처에 있던 어느 노예가 이상한 반응을 보였다. 멍한 눈빛은 그대로였는데 시슬란을 돌아보는 눈빛에 다급함과 안타까움이 섞여 있었다.

보고 있던 블랙비어드 선장은 몰랐지만 그 노예는 아리안이었다.

이지를 상실하여 기억 못 하고 있음에도 그는 시슬란이 위험에 처하자 본능적인 위기감을 느꼈다.

그래서 저도 모르게 움직였다.

"안 돼, 주군……. 주……."

아리안은 불편한 몸으로 엉금엉금 기어서 시슬란에게 다가갔다. 그리고 주군의 몸을 자신의 몸으로 감쌌다.

그러나 그걸 가만히 보고 있을 해골 병사들이 아니었다.

아리안은 어느 해골 병사의 손아귀에 잡혀 단숨에 저만치 나가떨어졌다.

이제 시슬란을 보호할 어떤 것도 남지 않았다.

그사이 뻗어 내려온 천장의 식물 뿌리가 독사처럼 시슬란의 몸을 휘감으려 했다.

그걸 보는 블랙비어드의 심사가 더욱 다급해졌다.

'저…… 저……!'

그때였다.

"거, 무슨 일입니까?"

궁금함을 견디지 못한 애꾸 항해사가 곁에 바싹 붙었다. 그는 공동 안의 광경을 보기 위해 궁둥이에 힘을 주어 선장을 살짝 밀어냈다.

하지만 그는 자신의 선장이 공동 안쪽의 상황에만 정신이 팔려 있었음을 미처 깨닫지 못했다. 그게 애꾸 항해사의 유일한 실수였다.

"어어?"

블랙비어드의 몸이 기우뚱 밀렸다. 그걸 깨달은 순간 선장은 힘을 주어 버티려 했다. 하지만 이미 때는 늦어 있었다. 균형을 잃은 선장은 그만 모퉁이 바깥으로 요란하게 엉덩방아를 찧고 말았다.

쿠당탕!

"어이쿠! 이런, 젠장!"

고요하던 공동에 우렁찬 메아리가 울렸다.

달그락?

해골 병사들의 움직임이 동시에 멎었다.

다음 순간, 해골 병사들의 텅 빈 눈구멍이 일제히 한 곳, 블랙비어드 선장을 향했다.

그들에게서 스산한 살기가 스멀스멀 피어났다.

"허…… 허……?"

주저앉아 있던 선장의 입가에 딱딱한 웃음이 피어났다. 덜덜 떨리는 그의 경직된 손이 해골 병사들을 향해 어색하게 인사했다.

그에 대한 해골 병사들의 답은 즉각적이었다.

촤아아앙—!

해골 병사들이 일제히 무기를 뽑아 들었다.

뼈로 만들어진 검과 채찍 등이 흉흉한 기세를 드러냈다.

"헉?"

선장의 얼굴이 흙빛으로 물들었다. 그는 어쩐지 모를 억울함을 느꼈다. 그래서 곁의 애꾸 항해사를 끌어당겼다.

"어, 어이?"

하지만 그의 손은 허공만을 움켜쥐었다. 고개를 돌려 보니 곁엔 아무도 없었다. 애꾸 항해사와 선원들은 그사이 어디로 갔는지 보이지도 않았다.

쉬이익!

뼈 채찍이 블랙비어드의 목을 거세게 휘감았다.

"크으윽!"

선장이 반사적으로 허리춤에서 커트라스를 뽑아 채찍을 내리쳤다. 하지만 채찍에는 흠집도 나지 않았다. 아니, 오히려 칼날만 잔뜩 상해 버렸다.

해골 병사가 채찍을 끌어당겼다.

선장의 몸이 휙 딸려 갔다.

"크어억?"

바닥에 쓰러진 선장이 발버둥 쳤다. 하지만 속수무책이었다. 그를 끌어당기는 해골 병사의 힘은 상상을 초월했다. 목이 졸려 숨을 쉬기도 어려웠다. 하지만 선장은 끝까지 칼자루를 놓치지 않았다.

해골 병사와의 거리가 빠른 속도로 가까워졌다. 칼자루를 움켜쥔 선장의 손등에 시퍼런 혈관과 힘줄이 내비쳤다. 그리고 마침내 해골 병사의 지척까지 끌려 들어간 순간!

"이야아아―!"

선장은 온 힘을 기울여 몸을 튕겨 일어났다. 그리고 해골 병사의 아래턱에 박치기를 날렸다.

빠각!

"으악!"

해골 병사는 잠깐 움찔했을 뿐, 선장의 이마에만 엄청난 통증이 느껴졌다.

그래도 덕분에 목에 감긴 채찍이 느슨하게 풀어졌다.

블랙비어드는 그 틈을 놓치지 않았다. 재빨리 몸을 뺀 그는 공동을 가로질러 냅다 달리기 시작했다. 공동 구석, 시슬란이 쓰러져 있는 곳을 향해서였다.

천장의 뿌리는 이 순간에도 시슬란을 향해 뻗어 내려오고 있었다.

츠츠츠츠……

뿌리 끝의 입이 시슬란을 삼키기 위해 활짝 벌어졌다. 걸쭉한 소화액이 뚝뚝 떨어졌다.

그 순간 블랙비어드의 커트라스가 뿌리를 후려쳤다.

"이야아!"

파삭! 키아아악!

반쯤 끊긴 뿌리가 요동쳤다. 선장은 칼질을 멈추지 않았다. 결국 뿌리는 두 동강이 나고 말았다.

"풀뿌리 새끼가! 카악, 퉤!"

거친 욕설로 마무리를 날린 선장은 다급히 시슬란을 흔들었다.

"이보쇼! 정신 차리시오."

하지만 시슬란은 전혀 눈을 뜰 기미도 보이지 않았다. 게다가 해골 병사들이 사방에서 달려오고 있었다. 선장은 시슬란을 둘러업었다.

"빌어먹을! 나중에 돌아가면 잔금은 두 배로 받을 거요!"

그는 도주를 시도했다. 하지만 금방 해골 병사들에게 포위당하고 말았다.

촤라락!

"크윽!"

사방에서 날아온 채찍이 선장을 얽어매었다. 이번에는 사지가 모두 묶여 아까처럼 반격도 할 수 없는 처지가 되었다. 선장은 시슬란을 업은 모습 그대로 채찍에 묶여 해골 병사들에게 끌려갔다. 그리고 마나홀 앞에 무릎 꿇려졌다.

해골 병사의 손이 선장의 뒷덜미를 잡고 그의 머리를 마나홀로 밀어붙였다.

"크, 크으윽!"

위험을 직감한 선장이 힘을 주며 버텼다. 하지만 불가항력이었다. 그의 머리가 서서히 마나홀에 가까워졌다. 마나홀 내부의 시커먼 어둠이 블랙비어드의 얼굴 앞에 입을 벌렸다.

선장의 눈가에 절망이 깃들었다.

'끄, 끝인가……!'

그때였다.

움찔.

선장의 등에 업혀 있던 시슬란의 손끝이 미세하게 움직였다. 그와 동시에 마나홀에서 작은 불꽃이 튀었다.

치직!

'으음?'

블랙비어드의 한쪽 콧수염이 움찔거렸다.

그 순간이었다.

화아아악—!

돌연 마나홀에서 환한 광채가 폭발하듯 터져 나왔다.

2

눈이 부셨다.

하지만 시슬란은 눈을 감지 않았다. 오히려 더욱 똑바로 빛을 마주했다.

그는 직감했다. 빛이 쏟아져 들어오는 저 틈새야말로 그동안 찾아 헤매었던 마나홀의 출구임을.

그는 자신이 베어 낸 허상을 넘어서 출구를 향해 온몸으로 뛰어들었다.

하지만 마나홀은 그를 쉽게 놓아주지 않았다.

파치직!

벌어진 틈새에서 격렬한 스파크가 튀었다.

시슬란의 온몸을 튀겨 버릴 듯 들쑤셨다.

"크……윽!"

다시 한 번 장미의 맹약을 들었다. 짧은 칼날에 거친 마나의 소용돌이가 깃들며 붉은 광채가 피어났다.

시슬란은 단검을 마나홀의 틈새에 찔러 넣었다. 그리고 비틀 듯 출구를 찢어 냈다.

콰치지직!

격렬한 충돌.

틈이 더욱 크게 벌어졌다. 아니, 시슬란에 의해 찢겼다가 다시 수축하길 반복했다. 시슬란은 틈을 벌리려 애썼고, 마나홀은 그를 놓아주지 않으려 버텼다.

하지만 시슬란은 포기하지 않았다.

그는 멈추지 않고 단검을 찌르고 찍었다. 혼신의 힘을 다해 내리치고 그었다. 그때마다 칼날에 마나의 흐름을 실었다.

이때만큼은 마나홀 내부에 고밀도로 축적되어 있던 마나가 오히려 그에게 도움이 되었다.

마나는 시슬란의 팔다리를 거쳐 장미의 맹약으로 유입되고 있었는데, 그 과정에서 시슬란의 전신에 끔찍한 자극을 선사했다. 너무나 고밀도의 에너지가 몸속을 통과하며 일어나는 현상이었다.

"크……으!"

머리가 하얗게 비는 것 같은 통증.

하지만 손을 멈추지 않았다.

더욱 많은 고밀도의 마나가 시슬란의 몸을 거쳐 갔다.

더욱 큰 고통이 일었다.

그래도 손을 멈추지는 않는다.

더욱 많은 마나가……

더욱 큰 자극이…….

그러한 과정이 계속해서 반복되었다. 그러면서 시슬란의 내부에서 극적인 변화가 일어나기 시작했다. 고밀도 마나로 인해 주어진 신체의 고통이 그가 지니고 있던 잠재력을 자극하기 시작한 것이다.

마침내 잠재력이 촉발되었다.

어느새 그는 자신도 모르는 사이에 솔라리스에 온 이후로 가장 강력한 그림자를 일으키고 있었다.

샤아아아아아—!

콰직! 파치칙! 콰작!

결국, 마나홀의 틈은 점점 넓어져만 갔다. 터지듯 쏟아지는 스파크의 양이 많아졌다. 마치 상처 입은 거대한 야수처럼, 마나홀 전체가 신음했다. 몸부림쳤다.

그리고 끝내 그에게 굴복했다.

콰창—!

날카로운 파열음과 함께 마나홀 내부 전체가 깨졌다.

그 순간을 시슬란은 놓치지 않았다. 전력을 다해 공간을 박차고 갈가리 찢긴 출구로 뛰어들었다. 환한 빛이 시야를 가득 메웠다. 바깥세상이 보였다. 블랙비어드가 보였다. 구석에 쓰러져 있는 아리안도 보였다.

시슬란은 그동안 무슨 일이 있었는지 직감했다.

'날 지키려고…….'

깊은 친분이 아닌 단순한 계약자인 선장도, 이지를 상실한 데다 몸이 불편한 아리안도 자신을 지키기 위해 위험을 무릅썼음을 그는 느낄 수 있었다.

그 순간, 시슬란이 눈을 떴다.

화아악—!

눈을 뜨자마자 그가 손을 뻗었다.

선장은 마침 마나홀에 빨려 들어가기 직전이었다.

"잠시 실례."

턱.

선장을 붙잡아 던져 버렸다.

"어엇?"

허공에 떠오른 선장이 의아한 얼굴로 눈을 떴다. 그 순간 그가 본 것은 믿을 수 없는 광경이었다.

좌아하학—!

돌연 붉은 광채가 일었다.

동시에 주변을 둘러싸고 있던 해골 병사들이 단숨에 두 동강 났다. 폭발하듯 뼛조각이 사방으로 날렸다. 그렇게 비산하는 잔해 사이에 어느새 한 사람이 뒷모습을 보이며 서 있었다.

시슬란이었다.

게다가 선장은 바닥에 추락하지도 않았다.

어느 사이엔가 시슬란이 일으킨 그림자가 그의 몸을 받쳐 주고 있었다.

다른 한쪽에 쓰러져 있던 아리안도 마찬가지였다.

"아……? 의뢰인!"

블랙비어드가 반색했다.

하지만 아직 위험은 끝난 게 아니었다.

돌연 마나홀이 수상한 낌새를 보이기 시작한 까닭이었다.

치지지직……! 파칙!

마나홀의 검은 표면을 따라 자잘한 스파크가 요란하게 튀고 있었다. 그 양은 시간이 지날수록 점점 더 많아졌고 반응도 격렬해졌다.

콰차착!

스파크가 전체를 휘감는다 싶은 순간, 마나홀이 급격하게 부풀어 오르며 주변에 널려 있던 해골 병사들의 잔해를 집어삼키기 시작했다.

그뿐만이 아니었다.

마나홀은 이제 바닥의 돌과 주변의 사물, 심지어 공기까지도 닥치는 대로 빨아들이기 시작했다. 그러면서 급격히 덩치를 불려 갔다. 상당히 안정된 모습으로. 근처에 다가오는 인간의 영혼만을 빨아들이던 예전과는 너무나 다른 모습이었다.

선장이 식은땀을 닦아 내며 외쳤다.

"대체 이게 무, 무슨 일이오?"

시슬란의 답은 간단했다.

"붕괴."

"뭐요?"

"곧 이곳 전체가 붕괴될 거야. 저 마나홀에 의해서."

"마나홀? 그게 저 시커먼 똥구멍 같은 놈의 이름이오?"

그러는 사이에도 마나홀은 점점 더 덩치를 불리고 있었다. 주변의 공간에 걸리는 흡입력도 점점 더 강해졌다. 멍한 얼굴로 있던 노예들 몇몇이 그 속으로 빨려 들어가기 시작했다.

시슬란의 표정이 굳었다.

아마 마나홀은 계속해서 덩치를 불릴 것이다.

그걸 피하려면 섬 밖으로 탈출해야 했다.

하지만 블랙애로우호는 아직 수리가…….

그때였다.

"다들 여기로 오십쇼!"

별안간 낯익은 목소리가 들렸다.

고개를 돌려 보니 애꾸 항해사와 선원들이 보였다.

그런데 그들은 노예 수송선에서 수송선 선원들과 격렬한 몸싸움, 칼싸움을 벌이고 있었다. 아까 도망친 줄 알았는데 사실은 몰래 돌아와 수송선의 탈취를 노렸던 모양이었다.

하지만 그들은 숫자에서 밀리고 있었다.

그걸 본 시슬란이 곧바로 움직였다.

샤아아아……!

아리안과 블랙비어드 선장, 그리고 공동에 있던 모든 노예의 그림자가 허공으로 일어났다. 각각의 그림자가 본체인 노예의 몸을 번쩍 들어 올렸다.

시슬란이 수송선을 향해 달렸다. 수많은 그림자가 노예들을 둘러메고서 그의 뒤를 따랐다.

수송선의 선원들이 시슬란의 앞을 막아섰다.

"네놈은 또 뭐……."

뻐어억!

선원은 말을 끝마치지도 못하고 나가떨어졌다. 그 뒤도 마찬가지였다. 이 배에 있는 선원 중에 시슬란을 막아설 수 있는 자는 단 한 명도 없었다. 결국, 수송선은 손쉽게 시슬란에 의해 점령되고 말았다. 그사이 아리안과 선장, 노예들은 자신의 그림자에 의해 안전하게 수송선에 옮겨졌다.

배를 점령한 시슬란이 갑판 위의 모두를 돌아보았다. 그 중에는 제압당해 무릎 꿇려진 수송선의 선원들도 포함되어 있었다.

"지금은 적아를 구분할 때가 아니다. 곧 이 공동은 무너질 거다. 뭉쳐야 살 수 있다. 임시 선장은 블랙비어드가 맡도록. 그리고 모두가 협력하여 배를 움직이길 바란다. 동의하는 자는 남고 아닌 자는 당장 이 배에서 내려라."

모두가 서로의 눈치를 살폈다.

시슬란의 말처럼 그사이 마나홀의 덩치는 수배나 커진 상태였다. 그만큼 주변에 행사하는 흡입력도 강해졌다.

쿠구구구⋯⋯!

기어코 공동 전체가 신음했다. 앞서 몇 번의 포성이 울렸던 것으로 자극을 받은 데 이어, 이제는 마나홀로 인해 내부의 압력이 변화하자 본격적으로 붕괴의 조짐을 보이기 시작했다.

쿠쿵! 쿵!

천장에서 바윗덩이와 흙더미가 떨어졌다.

그걸 보자 수송선 선원들의 안색이 창백해졌다. 그들도 시슬란의 말을 실감한 것이었다.

"봤으면 다들 움직여! 빨리빨리!"

블랙비어드가 선원들을 호령했다. 모두가 분주히 움직였다. 하지만 배는 쉽사리 움직이지 않았다. 힘껏 노를 저었지만 별 소용이 없었다.

시슬란은 그 원인을 깨달았다.

'지나치게 많은 인원이 타버렸다. 배의 흘수선이 평소보다 깊이 가라앉았어. 덕분에 배 밑바닥이 수로 바닥에 닿았다.'

만일 깊은 바다에서였다면 문제가 없었으리라. 하지만 이곳은 수심이 얕은 해안 동굴 내부의 수로였다.

시슬란은 즉시 대응했다.

그는 수송선 아래에 드리워진 그림자를 움직였다.

샤아아아……!

그림자가 수면 아래로 파고들어 물 밑바닥을 헤집었다. 다행히 물 밑바닥은 단단한 바위가 아닌 부드러운 진흙과 침전물로 이루어져 있었다. 그림자가 침전물을 파고들었다. 그리하여 배가 물에 뜰 수 있을 만큼의 공간을 만들어주었다.

비로소 수송선이 기우뚱거리며 움직이기 시작했다.

선원들이 환호했다.

"돼, 됐다! 움직인다!"

"노를 저어라! 어서!"

"하나! 하! 둘! 호!"

블랙애로우호의 해적들과 수송선의 선원들은 너 나 할 것 없이 한목소리가 되어 구령을 붙였다. 나머지 두 척의 수송선도 시슬란 일행이 탄 배를 뒤따라 공동을 빠져나오려 했다.

그때였다.

공동 가장 깊숙한 물길, 지금껏 그곳에서 침묵하고 있던 붉은 괴범선이 움직이기 시작했다. 그런데 그 움직임은 이곳 공동을 탈출하려는 행동과는 거리가 있어 보였다.

철컥, 철커덕!

괴범선의 포창이 일제히 열렸다.

세로로 5개 층의, 총 300문의 대포가 시커먼 포문을 내밀었다. 그런데 모든 포문은 막 닻을 올리려는 가장 후미의 노예 수송선을 겨누고 있었다. 마치, 자신의 허락 없이는 이곳을 빠져나갈 수 없다는 듯이.

300문의 대포가 불을 뿜었다.

콰콰쾅—!

지근거리에서의 초근접 사격.

모든 마나 포탄이 단 한 발의 실수도 없이 수송선에 틀어박혔다. 나뭇결을 쪼개고 인간의 몸을 박살 내고 화약통을 때렸다. 대폭발이 일어났다.

콰아앙—!

사방으로 나뭇조각과 비명의 잔해가 뒤섞여 치솟았다.

"뭐, 뭐야!"

노를 젓던 선원들이 깜짝 놀라 손을 멈추었다. 갑판에서 삭구를 부리던 선원들이 일제히 폭발이 일어난 곳을 돌아보았다.

그때부터 공동의 붕괴가 완전히 본격화되었다.

우르르릉……!

촤학! 쿠웅!

곳곳에서 집채만 한 바위가 떨어졌다. 뒤에서 위협을 가하는 괴범선은 차치하고라도, 저 바위 중의 하나만 맞아도 배는 끝장이 날 터였다. 게다가 폭발한 수송선에서 나오는 매캐한 연기 때문에 점점 숨을 쉬기가 어려워졌다.

사태를 가장 빨리 파악한 시슬란이 선원들을 독려했다.

"어서 노를 저어!"

선원들의 움직임이 더욱 일사불란해졌다.

수송선의 속도가 점점 빨라졌다.

타륜을 돌리는 블랙비어드의 손길이 더욱 바빠졌다.

시슬란 또한 수송선 밑바닥과 수로 바닥이 닿지 않도록 전력을 기울여 그림자를 조종했다.

하지만 공동의 붕괴 속도도 점점 빨라졌다.

쿠쿵! 쾅! 콰학!

동굴 천장이 갈라졌다.

석주가 무너졌다.

바위가 떨어졌다.

시슬란 일행의 바로 뒤를 따르던 나머지 한 척 수송선의 갑판을 집채보다 큰 바위가 덮쳤다. 비명과 물보라가 처절하게 피었다.

콰아앙, 소리와 함께 수로 안쪽에서 포탄 다발이 날아왔다. 불운한 수송선이 수십 명의 선원과 함께 최후를 맞이했다.

물론 괴범선에서 내쏜 마나 포탄은 시슬란 일행의 수송선도 노리고 날아왔다.

쒸잉! 쒸이잉! 콰직!

몇 발의 포탄이 배 근처에 틀어박히며 수로 옆 벽면을 강타했다. 돌가루와 나뭇조각이 흩날렸다.

하지만 선원들은 동요하지 않았다. 블랙비어드도 침착하게 타륜을 돌려 배를 조종했다. 그리고 시슬란은 배의 가장 뒤편에 버티고 섰다.

샤아아아……!

짙은 그림자 장막이 피어나 배 뒤편을 가로막았다.

곧바로 마나 포탄이 장막을 두드렸다.

쩌저저정—!

충격이 그대로 전해졌다. 어깨에 이어 상반신 전체가 들썩였다. 근육과 관절이 비명을 질렀다. 꽉 다문 잇새에서도 신음과 함께 실낱같은 선혈이 흘렀다.

"크윽!"

이전 같았다면 이 일격을 막아 내고 난 후 탈진했을 것이었다.

하지만 이제는 달랐다.

시슬란은 포격이 전해 준 충격을 고스란히 역이용했다.

그림자 일부가 수축하며 아직 폭발하지 않은 마나 포탄을 감쌌다. 그리고 처음 날아올 때보다 더욱 거센 기세로 후방을 향해 되날렸다. 바로 수송선이 지나온 지점의 동굴 천장을 향해서였다.

포탄이 동굴 천장의 가장 취약한 지점에 틀어박혔다.

퍼펑!

그 직후부터였다.

쩌적, 쩌저적……!

천장에 커다란 균열이 급속도로 번져 갔다. 결국, 동굴 통로가 일제히 무너졌다.

콰과과콰!

뒤를 추격해 오던 붉은 괴범선은 수천만 톤의 바윗덩이

아래에 깔리고 말았다.

그걸 본 선원들이 환호했다.

"개자식! 꼴좋다!"

"크하하하! 카하하!"

"살았다아!"

마침내 수송선은 더없이 빠른 속도로 해안 동굴 출구를 빠져나왔다.

그와 동시에 동굴 입구가 완전히 내려앉았다.

콰직, 콰광……! 촤학!

막대한 흙먼지와 물보라가 동시에 피었다. 붕괴에 이은 순간적인 높은 파도가 배 뒷덜미를 후려쳤다. 하지만 수송선은 그 시련마저도 버텨 내었다.

"후, 후아……."

"살았구나아……."

그제야 녹초가 된 선원들이 곳곳에서 축 늘어졌다.

그때 시슬란의 단호한 음성이 선원들의 귓가에 경각심을 불러일으켰다.

"아직 상황은 끝나지 않았어. 노를 잡고 돛을 펼쳐라."

"예? 하지만……."

블랙비어드가 반문하려 했다.

그 순간이었다.

고오오오…….

영혼마저 얼려 버릴 듯한 육중한 울림이 일대의 모든 공기와 물을 진동시켰다. 선원들의 몸을 떨리게 하였다.

그 직후부터였다.

쿠구구구…….

망각의 섬 전체가 진동하기 시작했다. 동시에 섬 일대에 비정상적으로 몰려 있던 마나가 일제히 폭주하기 시작했다.

시슬란은 그 원인을 잘 알고 있었다.

'마나홀…….'

그는 즉시 선원들을 독려했다. 가능한 최대한의 속도로 섬에서 떨어질 것을 명령했다.

선원들은 반신반의하면서도 피로함을 무릅쓰고 명령에 고분고분 따랐다. 그리고 명을 따른 자신들의 행동이 옳았음을 불과 10분 후에 깨닫게 되었다.

휘류류류!

망각의 섬 일대의 공기가 요동쳤다.

아니, 압축되었다.

다음은 섬 위에 있던 사물들 차례였다. 나무와 바위, 모래사장, 그리고 수많은 생물이 차례대로 찌그러졌다. 비틀어지고 짜부라졌다.

그리고 마침내, 섬 전체가 우그러들기 시작했다.

섬은 중앙의 한 지점을 향하여 흡수되듯 붕괴했다. 내부의 마나홀이 있는 지점을 향해서였다.

쿠구구구……!

거대한 섬이 한없이 찌그러졌다.

처음에는 산 하나 정도의 크기가 되었다가 이내 언덕 정도의 규모로 찌부러졌다. 다음엔 한낱 바위 정도의 크기로 압축되더니 종국에는 중앙의 검은 점 속으로 빨려들 듯 사라졌다.

다행히도 수송선은 시슬란의 선견지명에 의해 미리 먼 곳으로 대피한 상황이라 그 안에 휘말려 들어가는 참사를 면할 수 있었다.

그제야 위험이 완전히 끝났음을 깨달은 모두가 곳곳에 벌러덩 누웠다. 선원들은 감격의 눈물을 찔끔찔끔 찍어 냈다.

하지만 단 한 사람만은 예외였다.

"……."

지금껏 갑판 위에 우뚝 서서 선원들을 호령하던 시슬란은 조용히 옷매무시를 가다듬었다. 흐르는 땀과 바닷물에 젖어 엉망이 된 머릿결을 정리하였다.

그는 직감했다.

이제 자신에게만 의미가 있는 특별한 시간이 찾아왔음을. 그렇게도 찾아 헤매었던 고향의 수하를 만날 순간이 다가왔음을.

'아리안……'

오랜만에 만나는 수하 앞에서 흐트러진 모습을 보이기는 싫었다. 그렇게 그는 자신만의 재회를 준비하였다.

끼이익.

그는 선창 문을 열고 갑판 아래로 내려갔다. 안쪽에 운집한 수많은 사람의 찌든 체취가 한꺼번에 훅 몰려왔다.

시슬란은 눈살을 찌푸리지 않고 어둠 속을 살폈다.

노예들이 있었다.

그들은 다들 얼떨떨한 표정들이었다.

그 표정은 이지를 상실했던 때의 넋이 나간 듯하던 모습과 달랐다. 하나같이 생기가 있었다.

노예들은 어수선하게 웅성거리고 있었다.

"여긴…… 어디요?"

"배 같은데?"

"그런데 내가 왜 여기에 있지?"

"나는 분명 라체크 지방의 시장에서……."

누군가는 뒤통수를 긁적였고, 누군가는 불안한 눈초리로 사방을 살폈다.

그러다가 아래로 내려온 시슬란을 목격했다.

"……어?"

시슬란은 노예들을 지나쳐 선창 구석으로 갔다.

그곳에 아리안이 누워 있었다.

"아리안, 정신이 드느냐?"

꿈틀…….

정신을 잃었던 아리안의 손가락이 미미하게 움직였다.

이내 눈꺼풀이 열렸다.

아까와 달리 그 눈동자에는 깊은 총기가 배어 있었다.

아리안의 검은 눈동자가 시슬란을 마주하는 순간 격렬하게 떨렸다.

"……!"

그는 말없이 몸을 일으켰다.

한없이 느렸다.

주군을 구하겠다는 일념으로 급류에 밀려오며 쪼개지고 부서져 뒤틀린 사지였다. 온몸이 성한 곳이 하나도 없었고, 뛰기는커녕 정상적으로 걷는 것도 힘든 몸이 되었다.

그렇기에 몸을 일으키는 일조차도 쉽지 않았다.

하지만 아리안은 도움을 요청하지 않았다.

주군인 시슬란도 묵묵히 그를 바라보기만 했다.

"아리안이…… 주군을 뵙습니다."

마침내 힘겹게 몸을 일으킨 그가 시슬란을 향해 주종의
예를 표했다.

　　숙인 고개와 어깨가 미미하게 떨렸다.

　　"주군을 제대로 보필하지 못하여 고난을 겪으시게 한
점, 저는 죽어도 드릴 변명이 없습니다. 그리고, 그리고 락
토르는…… 그 친구는……."

　　"되었다."

　　시슬란의 손이 아리안의 어깨를 짚었다.

　　그의 표정은 평상시와 다름없이 냉담했고, 목소리에도
아무런 변화가 없었다.

　　그러나 아리안은 느낄 수 있었다.

　　자신의 어깨를 짚은 주군의 손이 미미하게 떨리고 있음
을.

　　"못난 주군을 만나 고생이 많았구나. 너도, 락토르도."

　　"……주군."

　　"울지 마라."

　　아리안은 눈물을 삼켰다.

　　"고개를 떨구지도 마라."

　　고개를 들었다.

　　그리고 눈을 부릅떴다.

　　"……주군?"

돌연 시슬란이 그를 와락 끌어안은 것이었다.

"고맙다, 살아 있어서. 너라도 살아 주어서 고맙다."

마침내 시슬란의 목소리도 떨렸다.

다른 사람들은 여전히 냉담한 음성이라 느끼겠지만, 시슬란의 곁을 십 년이 넘도록 지킨 아리안만은 알 수 있었다.

자신의 주군은 분명 격정을 삼키고 있었다.

"주군……."

더 이상의 말은 필요 없었다.

생사를 함께했던 주군과 호위 무사는 그동안의 오랜 고난과 여정을 말없이 나누었다.

그때였다.

쿵쾅쿵쿵!

"의뢰인, 의뢰인! 여기 계시오?"

블랙비어드가 선창 계단을 뛰어 내려왔다.

시슬란을 발견한 그가 말했다.

"어서 올라와 보셔야겠소."

그런데 그의 안색은 무척이나 창백했다. 표정 또한 완전히 굳어 있었다. 흡사 끔찍한 악몽을 꾸다가 깨어난 직후의 사람 같았다.

무슨 일일까.

선장을 따라 갑판으로 올라갔다. 아까까지만 해도 안도 감에 몸을 맡기고서 희희낙락하던 선원들의 표정도 블랙비어드처럼 굳어 있었다.

그런데 모든 선원의 시선은 먼바다 쪽을 향해 고정되어 있었다. 그쪽은 망각의 섬이 있던 방향이었다.

시슬란도 그곳을 보았다.

"……."

그곳에는 안개가 서려 있었다.

아니, 그곳에만 안개가 서려 있었다.

핏빛 안개는 이상하게도 바다 위의 한 지점에만 뭉쳐 있었다.

분명 그것은 비정상적인 모습이었다.

불길한 기분이 들었다.

'설마…….'

결국, 그 설마가 현실이 되었다.

슈화아아악…….

시슬란을 비롯한 배의 모든 사람이 보는 가운데 안개가 뭉쳐 하나의 형상을 이루기 시작했다.

바로 붉은 괴범선이었다.

그걸 확인한 블랙비어드가 제 머리를 쥐어뜯었다.

"저런 미친! 니미! 대체 어떻게!"

망각의 섬을 탈출하던 최후의 순간, 붕괴하던 동굴 속에 완전히 파묻혔던 괴범선이었다. 그런데 대체 어떻게 멀쩡한 모습으로 다시 나타난 것일까.

　모두가 그런 의문에 머리를 쥐어뜯었다.

　설마 저 범선은 불사신? 아니면, 유령선?

　그사이 붉은 괴범선은 믿을 수 없는 속도로 바다를 가로질러 왔다. 어떤 파도도 그 앞을 막을 수 없었으며, 어떤 바람도 그 진로를 흔들 수 없었다.

　"저, 전투 준비! 빨리빨리!"

　이미 도망치기에는 늦었다는 걸 깨달은 블랙비어드가 외쳤다. 선원들이 우왕좌왕하면서도 포격을 준비했다.

　하지만 그들은 알고 있었다.

　저 범선이 마음만 먹는다면 이런 수송선 한 척 정도 수장시키는 것은 일도 아니라는 사실을.

　그래서인지 모두의 얼굴에는 다급함과 함께 공포와 절망감이 뒤섞여 떠올라 있었다.

　그러는 동안에도 붉은 괴범선은 빠른 속도로 거리를 좁혀 왔다. 그에 비례하여 선원들의 심장박동도 빨라졌다.

　하지만 단 한 사람, 예외가 있었다.

　"……."

　시슬란은 어느새 배의 가장 앞머리 선수상 위에 서서 착

가라앉은 눈빛으로 붉은 괴범선을 관찰하고 있었다.

블랙비어드가 그를 보며 기겁했다.

"무, 무슨 일을 하시려는 거요? 거긴 위험하오."

"아니, 위험하지 않다."

"예? 그게 무슨……?"

"나도 영문은 모르겠다만, 지금 저쪽이 우리를 공격하려
는 것으로는 보이지 않아."

시슬란은 단정적으로 말했다.

그의 말은 사실이었다.

붉은 괴범선은 이쪽을 향해 뱃머리를 똑바로 유지한 채
다가오고 있었다. 그것은 포격을 위한 위치 선점으로 보긴
어려웠다. 정면에 달린 소형 선회포 몇 문을 제외하고 대부
분의 함포는 범선의 옆면에 집중적으로 배치되어 있었으니
까.

게다가 시슬란은 괴범선의 마나를 느낄 수 있었다. 지금
저 붉은 범선에서 풍기고 있는 마나의 기운은 이전과 달랐
다.

아까 망각의 섬 해안 동굴에서 추격전을 벌일 때까지만
하더라도 저 범선은 무척이나 음습한 기운을 풍기고 있었
다. 사악하고, 파괴적이며, 잔혹한 느낌을 주는 기운이었
다.

하지만 이제는 조금 달랐다.

여전히 사납고 거친 느낌을 주고 있었지만 음습한 느낌은 사라졌다. 게다가 적대적인 살기도 풍기고 있지 않았다.

하지만 마나의 기운을 느끼지 못하는 블랙비어드 선장은 고개를 갸웃거렸다.

"그래도 혹시 모르니 일단 선제 사격 정도는……."

그의 얼굴에는 여전히 불안감과 불신이 서려 있었다.

시슬란이 희미하게 웃었다.

"내 말을 못 믿는 건가?"

"그, 그건 아니오."

선장이 고개를 흔들었다.

결국, 그는 발포를 명령하기 위해 치켜들었던 손을 늘어뜨렸다.

"쳇, 할 수 없구려. 하긴, 선제 사격을 가한다 한들 이길 것 같지도 않지만……."

그사이에도 괴범선은 시시각각 거리를 좁혀 왔다.

선원들의 얼굴에 서린 긴장감이 짙어졌다. 이윽고 포격을 위한 적정 거리로 괴범선이 진입하자 긴장감은 극에 달했다.

하지만 괴범선은 너무나 태연히 계속 접근해 왔다. 그리고 마침내 서로의 갑판에서 얼굴을 확인할 수 있는 정도의 거리까지 근접했다.

그제야 괴범선은 멈추어 섰다.

덜컥.

그 모습도 이상했다.

육지를 달리는 마차 등과 달리 물 위에 뜬 배는 한 번에 움직임을 멈추는 것이 불가능하다. 딱딱한 지면과 맞닿은 마차 바퀴와 달리 유동적인 물 위에 떠 있기 때문이다.

하지만 붉은 괴범선은 그걸 해냈다.

굴러가던 마차가 우뚝 멈추듯, 괴범선은 아무런 흔들림도 없이 단번에 멈추어 섰다.

그 비현실적인 광경에 몇몇 선원의 목울대가 출렁였다. 식은땀이 흘렀다.

'저거, 틀림없이 유령선일 거야……!'

모두의 뇌리에 떠오른 생각이었다.

그리고 그 생각은 괴범선의 갑판 위에 한 인영이 모습을 드러냈을 때 확신으로 변했다.

스르륵.

기괴한 존재가 허공에서 갑자기 모습을 드러내며 괴범선의 갑판에 우뚝 섰다.

그것은 사람이 아니었다.

덜그럭.

뼈 움직이는 소리가 밤바다 위에 흘렀다.

선원들이 망각의 섬에서 보았던 해골 병사와 비슷한 외양을 지닌 그 존재는, 다른 해골들과 달리 멋들어진 붉은 코트를 걸치고 마찬가지로 붉은색 트리콘 모자를 쓰고 있었다.

그 존재의 등장에 수송선 위의 모든 인물이 침묵에 휩싸였다. 혹은 공포에 물들었다.

하지만 트리콘 모자의 해골은 아랑곳하지 않고 선원들을 쓱 훑어보았다. 그리고 마침내, 그 깊이 모를 검은 눈구멍이 한 인물에 이르러 멈추었다.

시슬란이었다.

"……."

시슬란 또한 지지 않고 해골을 응시했다.

잠시, 트리콘 모자의 해골과 시슬란의 시선이 허공에서 얽혔다. 파도 소리마저 침묵을 지켰다. 기묘한 정적이 흘렀다.

그 정적을 먼저 깬 쪽은 뜻밖에 트리콘 모자의 해골이었다.

덜그럭.

해골이 머리를 한쪽으로 갸우뚱 기울였다.

앙상한 턱뼈가 불안하게 움직였다.

이내 낮고 탁한 목소리가 흘러나왔다.

『설마…… 루나리언인가?』

〈다음 권에 계속〉

천마본기

『태극신무』, 『무쌍록』, 『절세무혼』
사도연이 선보이는 또 한 편의 거침없는 무협!

마(魔)로서 처음으로 하늘이 된 자.
세인들은 그를 천마(天魔)라 불렀다.

★
dream
books
드림북스

無敵魔刀
무적마도

장담 신무협 장편소설
『무적마도』

천마령에 먹혀 아수라가 될 것인가!
항마의 절대선공을 익혀 아수라를 소멸시킬 것인가!

내 운명을 결정할 사람은 결국 나 자신뿐.
세상이 나를 원치 않는다면,
내 뜻대로 천하를 세우리라!

dream
books
드림북스

권용찬 신무협 장편소설
ORIENTAL FANTASY STORY & ADVENTURE
질주무왕
『신마협도』, 『철중쟁쟁』, 『용중신권』을 잇는 신무협의 정수!
권용찬 신무협 장편소설
『질주무왕』
만병을 다룸에 있어 당할 자 없고
몸을 씀에 있어 권, 장, 지, 각, 퇴, 경, 신
이 모두 천외천에 이르렀으니
세상에 이런 무인 없어 무왕이라 일렀다.
dream books
드림북스